An

Confesiunile unei FETE RELE

Volumul 2

Bookzone.ro
BUCUREȘTI, 2019
www.confesiunileuneifeterele.ro

Descrierea CIP a Bibliotecii Naţionale a României
ANAYS M.
Confesiunile unei fete rele / Anays M.. - Bucureşti : Bookzone, 2018-
2 vol.
ISBN 978-606-9008-00-3
Vol. 2. - 2019. - ISBN 978-606-9008-16-4

821.135.1

Editura Bookzone
Șoseaua Berceni, nr. 104, sector 4, București
Redacție: 0774.091.579
Distribuție: 031.433.51.56
office@bookzone.ro

Grafică: Bogdan Ionuț Gurău

@Bookzone
@Anays M.

Alunec uşor în spaţiul îngust precum canalul naşterii, dintre somn și vis... Gândurile încep să se încolăcească, într-o orgie de nedescris. Se învălmăşesc, se împletesc, se împreunează și procreează, instantaneu, idei mici, năstrușnice și obraznice. Este momentul meu de intimitate profundă, când nimic din realitatea imediată nu mai există. Nimic din ce am făcut peste zi sau peste an nu mai contează. Alegeri, decizii, nervi, furie, dragoste și crâmpeie de fericire, furată sau de drept primită, toate tac și viața interioară, cea care niciodată nu știe să tacă, dă în clocot.

Ești femeia Alfa, mi s-a spus și nu am recunoscut. În primul rând, pentru că etichetările și categorisirile nu fac altceva decât să creeze limite artificiale și, în al doilea rând, pentru că, indiferent cum aș fi, nu mă voi considera niciodată femeia opozabilă masculului „Alfa". Eu nu sunt opozabilă decât mie însămi, indiferent dacă azi statutul meu social s-a schimbat.

Nu au fost destinul, întâmplarea, coincidența sau mai știu eu ce forță ocultă, superioară, divină, care să-mi fi modificat perspectiva asupra vieții și care să mă fi convins prin te miri ce truc de circ ieftin să-mi schimb părerile despre relații. Nu, am fost eu, cea care, fără a încălca principiile, a decis, la un moment dat, că poate face și acest pas.

Și... m-am căsătorit!

„Anays măritată? Nu cred, imposibil, ce glumă proastă!” au fost cuvintele pe care le-am auzit cel mai mult imediat după ce am anunțat iminența evenimentului. Din perspectiva a ceea ce știau toți despre mine, mi-e clar că era greu de crezut. Din perspectiva a ceea ce știu eu despre mine, în condițiile de față, este cât se poate de firesc.

Dar s-o luăm cu începutul...

***

Până la urmă, nu a fost nimic de „trăit” alături de M, cu excepția momentelor spumoase de la birou sau de prin restaurante obscure, acolo unde îi plăcea să mă târască să luăm uneori masa, doar pentru a ne bucura de o intimitate perversă, ascunsă și, în același timp, expusă luminii zilei și ochiului vigilent al celor ce știau „să vadă”. Un joc suculent, la care am renunțat destul de repede, din pură plictiseală. Devenise previzibil, de fiecare dată urmam aceiași pași, de parcă am fi intrat într-o buclă temporală și am fi retrăit, la infinit, aceleași momente. M era însă fascinat de puterea de a se juca de-a Demiurgul și de a recrea, mereu, aceeași zi, mai ales că devenise tot mai dependent de clipele noastre.

În ziua în care acestea au luat sfârșit, i-am spus-o chiar înainte să mergem, ca de obicei, să luăm masa. I-am spus-o scurt și sec, nu-mi plac despărțirile lacrimogene, mai ales când persoana care face scena dramatică poartă în pantaloni *cojones* doar la propriu. A făcut ochii mari și m-a rugat să discutăm la masă. Unde însă nu am mai ajuns, pentru că, efectiv, îmi venea să-i bag meniul pe gât, sătulă de scenariul fără de sfârșit. Ce repede se transformă lucrurile, aș fi putut să gândesc, însă adevărul era că, de fapt, lucrurile nu se transformaseră, ci doar își pierduseră... masca... căzuseră aparențele – nu știu dacă toate – și rămăseseră în lumina lor rece și reală, expunându-și cu mândrie hidoșenia cu pretenții de nuri. De la acel M al primei întâlniri până la cel ce mă implora „să discutăm", părea că trecuseră câțiva ani-lumină, și nu doar o lună...

Am ieșit totuși la o plimbare, să evităm scena finală cu public, ovații și ieșiri repetate la rampă pentru bis, căci sunt convinsă că s-ar fi ivit doritori. Poate deloc surprinzător, M nu părea să regrete atât despărțirea noastră, cât faptul că trebuia să pună punct scenariului său concentric. Poate nu chiar punct, mai degrabă, punct și virgulă, căci, desigur, urma să-și găsească o altă parteneră de joc. Totuși, m-a asigurat de sentimentele lui sincere, de faptul că mă iubește și mă respectă și tocmai de aceea nu va îndrăzni să conteste decizia mea, indiferent cât de mult va suferi el în urma acesteia, și că toată povestea asta, în caz că nu am înțeles, nu ar fi avut decât scopul de a țese iluzia nemuririi prin posibilitatea de a crede, chiar și limitat, că timpul nu trece și că stă în mâinile noastre să-l oprim (sau să-l reluăm, identic, de câte ori vrem; și el voia mereu...).

M-a măgulit. A ieșit din peisaj cu capul sus. Cu aparentă demnitate. Am ignorat crizele ulterioare, niciodată cu mine de față, dar de care aflam de la numeroși binevoitori, mesageri involuntari sau tocmiți. Nu a contat, așa că nu m-am obosit să aflu, la fel cum nu m-a mai interesat nimic legat de acest subiect. Oricum, s-a repliat relativ repede, așa cum corect intuisem.

După povestea cu M, am luat o nouă pauză. Dacă jocul lui mă plictisise, acum simțeam că sunt obosită de posibilitatea unui nou început. Nu aveam ce poveste să macin în lipsa unui partener, vremelnic, dar real, în niciun caz nu aveam chef să trăiesc de la început tratativele inerente oricărui început de relație. Pur și simplu, mi se părea obositor. Îngrozitor de obositor și de enervant. Dar nu făceam nimic ca să evit avansurile sau apropourile bărbaților. Pur și simplu, le ignoram cu calm. Ca bonus, asta mi se părea destul de distractiv, mai ales că reacțiile bărbaților nu întârziau să-și schimbe esența. Adică, pentru că nu le răspundeam în niciun fel avansurilor, ajungeau, automat, la o invariabilă concluzie: „ești curvă!”.

Asta este și concluzia celor care încercau să mă agațe pe net cu replici de tipul „Bună cf”, la care nu numai că nu ofeream niciun răspuns, ci automat îi restricționam. Logica lor le spunea că numai o „curvă” ar putea să ignore avansurile unor bărbați străini, nerăspunzând instantaneu tentativelor lor de a o pipăi, măcar și virtual.

Deși se spune că de unde nu e, nici Dumnezeu nu cere, problema este că acolo unde nu sunt o minimă educație și un nivel minim de bun-simț de comportament în societate (online sau offline), însăși societatea (și nu Dumnezeu) trebuie să-i ceară totuși ceva mitocanului, și anume să se civilizeze sau, dacă nu, să opteze pentru alternativă, adică să se retragă în copacul din care dă semne că tocmai a coborât (ce-i drept, prea devreme).

În primul rând, femeile nu sunt haine să le „agăți" și nici nu s-au născut pentru a fi la dispoziția vreunui bărbat – cu atât mai mult necunoscut – care are chef de conversații și nu numai și care e convins – că așa vrea scula lui – că internetul este exact balta despre care alți înțelepți de teapa lui i-au explicat că... „are pește", deci el nu trebuie decât să aleagă din grămada lipsită de voință a obiectelor sexuale numite femei; el nu trebuie decât să zică „pârț" și femeia, automat, oricine ar fi ea, îi va răspunde cu un umil și plin de respect „hap". Așa că este normal ca atunci când vede că o femeie îndrăznește să nu se obosească să-i dea vreun rest de atenție, să-și iasă din minți, inocent și neprihănit în comportament și intenții, că oare ce vină are el dacă femeile care nu-l bagă în seamă „sunt curve" și se comportă inadmisibil cu el, ignorându-l, ca și când libidinoasa lui abordare nici nu ar fi existat?

Greu e să fii femeie, dar parcă mai greu e să fii bărbat într-o epocă în care ai la îndemână atâtea mijloace de comunicare și socializare și tu nu știi ce să faci cu ele, preferând să-ți dai cu tesla în bijuteriile-ți, că atâta poți, că așa ai fost învățat sau poate pentru că ai senzația că așa se comportă un „bărbat adevărat". Nimic mai greșit, evident! Dar cum cei mai mulți dintre acești bărbați nu vor pricepe în veci nimic din propriul comportament, să nu exagerăm perpetuând falsa speranță că vor renunța vreodată la mitocănie și nesimțire, așa cum nici femeile nu trebuie să renunțe vreodată la dreptul lor absolut de a nu se împiedica de mizerii, pentru a nu-și murdări nici măcar tocurile.

Și exact când ochii începuseră să șteargă pe pilot automat din decor siluetele masculine, iar urechile să filtreze la intrare vocile guturale (sau textele neobrăzate), toate având același unic și banal scop... s-a întâmplat!

***

Oprisem la trecerea de pietoni în ultimul moment. Nu aveam viteză, doar gândurile hălăduiau dincolo de orașul puturos de sfârșit de toamnă. Din obișnuință, am dus mâna în dreptul scaunului din dreapta, ca și când aș fi vrut să împiedic o imaginară persoană să se lovească, din cauza frânei bruște, de bord. Gestul meu s-a oprit blând pe scaunul gol și atunci am conștientizat că a trecut atât de mult timp... Nu am regretat, dar nici nu am jubilat, însă momentul a fost înregistrat în zona microrevelațiilor care, în timp, ne transformă.

Oprisem să treacă un bărbat între două vârste, înalt, cu fața acoperită de o pălărie ușor neasortată la strada pe care tocmai o traversa. Înainte să pună însă primul picior pe trecere, a întors capul spre mine, și-a dus teatral mâna dreaptă în dreptul inimii și a făcut spre mine o înclinare ușoară, în semn de mulțumire. Apoi, a zâmbit. Nu i-am zărit nicio secundă ochii, însă zâmbetul... Zâmbetul îmi era cumplit de familiar. Călătorea spre mine de la ani-lumină distanță, dintr-un trecut făcut pachet și expediat către Hades, cu predare personală.

„Ai dreptate, iubirea noastră a murit. Și eu, încet, odată cu ea...” au fost ultimele cuvinte pe care mi le scrisese vreodată N. După internarea lui, încetase să-mi mai scrie și nici nu mai aflasem nimic despre el, nici măcar dacă mai era viu sau nu, chit că, pentru mine, el murise de mult. Și acum... Acum, zâmbetul lui traversa strada, viu și aparent bine-mersi, iar mâna lui dreaptă îmi mulțumise așezată în dreptul inimii. Nu, nu aveam niciun dubiu, era el, deși nu-i văzusem fața toată, iar anii scurși între noi se jucaseră neglijent cu ființa lui. Aș fi preferat să nu mă vadă, căci dacă aș fi intuit câteva secunde mai devreme că ar fi putut fi el (ce naiba să caute acolo?), aș fi trecut în trombă, fără să opresc, dar fără să-l accidentez, cum poate aș fi vrut atunci, la plecare...

Când trecutul îmi dă ghes, îmi permit să am nostalgii, dar niciodată regrete!

Trecuse fără să întoarcă capul, fără să tresară, fără nicio ezitare. E clar, nu m-a recunoscut și asta a făcut ca întreaga scenă să primească un mare delete. Nefirească potrivire de momente, nu? Revelația singurătății să fie urmată chiar de apariția... lui N? Dar oricât aș ține eu la semne, acesta nu era unul care să-mi convină. Mi-am promis să-i inventez o altă semnificație, complet diferită de cea pe care, sigur, i-aș fi conferit-o atunci, în cealaltă viață a mea.

Da, s-a întâmplat să aflu când a fost internat (oare cu ce diagnostic?), nu am aflat că a fost externat (vindecat oare?), dar întâmplarea (tot ea, să zicem!) a făcut în așa fel încât nu doar să aflu, ci să-l văd și să mă bucur o dată în plus că deciziile cele mai grele sunt, de fapt, și cele mai bune. Aveam dovada în fața mea...

Femeia pe care o cauți nu mai există. Și-a învățat, în sfârșit, lecția. Știu că nu-ți convine, dar ce să faci? N-ai ce să faci!

După acea zi, am pus în cui amorul cu singurătatea și mi-am propus să intru desculță în noua etapă din viața mea. Nu conta vârsta, nu contau experiențele, conta momentul și faptul că, deși nu gândeam așa, simțeam așa. Altfel spus, voiam să mă mărit. Nu aș spune cuvinte mari precum „să întemeiez o familie", mai aveam (și mai am) mult până acolo, dar ideea de a fi parte dintr-o taină pe care până acum nu dădusem doi bani mă tenta al naibii de mult. Și asta, fără să-mi schimb scala de valori, căci nu ar fi fost păcat să treacă vremea și eu să nu fi trăit și o astfel de experiență? Și, cel puțin în intenție, aveam de gând să plec la drum fără trucuri. Eram decisă să-mi închid în seif ifosele, infidelitățile, indiferența, mă rog, tot arsenalul de arme credincioase și să nu le eliberez decât dacă situația se va altera în așa măsură încât să nu mai conteze. Eram, desigur, conștientă că, mai devreme sau mai târziu, aveam șanse să ajung acolo, dar tot farmecul era să lupt să se ajungă cât mai... târziu, nu?

Nu am pornit chiar a doua zi de dimineață la vânătoare de soți, ci am început să-mi reconsider criteriile conform cărora dădeam atenție bărbaților. Criteriile de selecție, cu alte cuvinte.

***

Nu am de gând să fac o listă și apoi, cu ea în mână, să-i intervievez ca pentru un job în corporație pe posibilii candidați. Asta ar transforma un vis într-o negociere mercantilă și aș avea senzația că îmi „cumpăr” soț. Nu caut un tip anume de bărbat, nu dau doi bani pe etichete, iar bărbații autosuficienți îmi sunt atât de antipatici, încât, indiferent de cumulul altor posibile calități, doar din această cauză nu am răbdare nici măcar să mă port civilizat. Mă rog, mă refeream la acei bărbați care-și flutură bărbăția sub stindardul masculului Alfa. Pentru mine, totuna, să-și pună în frunte, în piept sau oriunde altundeva orice literă din alfabet, nu părerea lui despre sine și nici măcar a celorlalți contează în ochii mei, ci doar ce simt eu față de el. Și, poate mai târziu, pentru el.

Să fie asta o dovadă de... – era cât pe ce să zic maturizare! –, de vindecare? Disponibilitatea mea de a mă implica sufletește, din nou, de a accepta o anume doză de risc și de a pune la bătaie ceea ce m-am chinuit atâta timp să țin ferecat sub fițe și capricii nejustificate poate fi, într-adevăr, dovada că, în mod real, am închis cel mai dureros capitol din viața mea? Dar asta nu înseamnă că-mi voi da iar jos chiloții – la figurat – vreodată, indiferent de relația în care mă voi implica. Iar dacă nu accept să dau niciun milimetru înapoi și nici să mă reneg nici măcar o secundă, de asemenea, nu înseamnă că vreau să mă răzbun pe toți bărbații – cum deja mi s-a spus –, ci că, pur și simplu, o femeie poate fi și altfel decât cu capul plecat și poalele ridicate pe spinare în fața unui bărbat.

Dacă gândești că nu te iubește nimeni, nu înseamnă că nu ai un partener de viață, ci că nu te iubești tu pe tine. Și de-abia asta este cu adevărat trist...

Și totuși... nu cred că aș accepta un bărbat ca el. Ca A. Bărbatul cu fantezii. Prea multe, prea ca la balamuc. Bine, poate niciodată nu sunt prea multe, dar când toate au o notă bolnăvicioasă, parcă și gradul de acceptabilitate de care dau dovadă cunoaște o ușoară regresie. Ușoară, da?

Căci niciodată nu m-a tentat patologicul, indiferent de sclipirea aparențelor, indiferent de promisiunile sale excesiv de suculente și de ofertante. Și A friza patologicul. Mi-a mărturisit suprema sa fantezie pe care, fără s-o lege neapărat de persoana mea, mi-a împărtășit-o din dorința de a o aduce în realitate cât mai repede, eventual cu mine...

- Anays, mărită-te cu mine!

- Bună fantezie, A!

- Nu e nicio fantezie, e dorința mea sinceră și completă... Știu că nu ne cunoaștem de mult timp, dar simt cu toată ființa că ești femeia pe care o caut de atâta timp. În plus, știu că, alături de tine, fantezia mea poate deveni realitate...

- Acea fantezie?

- Da, Anays... te iubesc atât de mult, de complet, de profund, încât vreau să-ți fac ție cadoul suprem...

Ok, să ne oprim aici din povestit, căci e momentul să vă destăinui care era „suprema" sa fantezie. A ar fi vrut să ne căsătorim și apoi, în patul nostru, să aducă încă o persoană. Dacă vă gândiți la vreo femeie ai cărei nuri pot da cu roțile în sus și cel *mai* confuz sexual bărbat, dar și cea *mai* heterosexuală femeie, vă înșelați amarnic. Nu, A voia să aducă un bărbat, unul pe care să-l aleg eu, unul despre care eu să știu că mă poate face cu adevărat fericită în pat. Și în timp ce bărbatul prin definiție – obligatoriu cu un penis impresionant – m-ar poseda frenetic pe la spate, fără însă să mă atingă în nicio secundă cu mâinile sau cu altă parte a corpului în afară de mădularul adânc înfipt în intimitatea mea de femeie, A să-mi țină fața în mâini și să mă sărute cu disperare, printre lacrimi, fericit și incitat, dar fără a participa în vreun fel la mica sa orgie. Să mă simtă în timp ce juisez, într-un orgasm apocaliptic, orgasm pe care el să nu mi-l poată oferi decât așa. Cu alte cuvinte, să mi-l ofere totuși, chiar dacă prin terți, și eu să țin minte că el mă iubește atât de mult, încât fericirea mea completă este mai presus de orgoliul sau demnitatea sa de soț (obligatoriu, trebuia să fi fost căsătoriți pentru a pune cu succes în scenă această fantezie bolnavă, dar care, trebuie să recunosc, mă și excita, mai ales că ținea să mi-o povestească toată cu lux de amănunte, imaginându-și fiecare tresărire, fiecare mișcare, fiecare arcuire, fiecare fior, descriindu-mi în detaliu falusul aducător de extaz, viguros și străbătut de nervuri puternice...) Iar eu, inevitabil, continuam în gând fantezia, tulburată totuși de obrăznicia și indecența imaginilor pe care A reuşea să le creeze cu precizie de ceasornicar, imaginându-mi, la rândul meu, cum misteriosul posesor de har orgasmic uită de regula impusă şi mă cuprinde cu mâinile sale hotărâte, frământându-mi sânii, coapsele şi orice alt centimetru de piele disponibil, cum mă întoarce fără a ieşi complet din mine şi cum continuă fantastica împreunare, până la completa noastră epuizare, până la amestecul perfect al fluidelor pe care femela şi masculul le-au eliberat pentru şi datorită celuilalt, urmând ca eu să-mi trag sufletul aproape leşinată, dar îndestulată, în timp ce el ar alege să-şi revină oferindu-mi sex oral. Lent, gingaş, atent la detalii, răbdător şi perseverent, astfel încât să nu-i pot refuza un nou orgasm, deşi târziu, atunci când însăşi imaginaţia, atinsă şi ea de o undă de patimă strâmbă, va fi obosit de atâtea detalii erotice.

Incredibil, dar repetatele fantezii bolnave şi neîmplinite au început să mă tracaseze exagerat... şi să mă frustreze, lăsând undeva o urmă de dorinţă... oare ce-ar fi dacă am pune în practică... „suprema" fantezie? Nu ar fi nimic în afară de ceea ce este, doar că nu eram pregătită să plătesc pentru asta un preţ atât de mare precum măritişul. Cel puţin teoretic, se presupune că, la bază, acesta ar avea cu totul şi cu totul alte considerente, corect? Deci nu!

În plus, fac parte dintr-o generaţie de femei care nu ştiu (sau, mai degrabă, nu vor) să cocoloşească un bărbat. Să-l trateze mămos, să-l momească, să-l cumpere sau să-i joace cele mai perverse roluri ca să-i facă pe plac.

***

În viață, am învățat destul de târziu – da, recunosc fără jenă – să fac alegerile corecte, căci destul de târziu am înțeles că totul stă în deciziile pe care le luăm la un moment dat, unele cu urmări efemere, altele cu urmări stabile sau decisive pentru restul timpului rămas de trăit, însă de la început am înțeles un singur lucru: bărbații nu au nevoie de încă o mamă, unii dintre ei neputându-se desprinde nici măcar de cea sub fustele căreia le-au mijit mustățile.

Un bărbat care schimbă alintul matern cu cel ușor nefiresc al iubitei care-i imită mama este un bărbat confuz. Căci dacă de la sânul mamei a supt lapte, nu trebuie s-o facă și de la cel al iubitei. Ar fi un sacrilegiu! Nu poţi amesteca și suprapune cele două izvoare de viață: unul din care te-ai născut și altul din care ți se hrănește virilitatea, bărbate!

Așadar, nu știu bărbatului să-i suflu în ciorbă, să-l sărut părintește pe creștet sau pe bubă, să treacă. Să-i cânt în strună, să-i minimizez gogomăniile cu voce tare, doar ca să-i ușurez conștiința în scurtele sale momente de agonie, mințind pios. Nu știu să-l consolez ori de câte ori suferă imaginar pentru te miri ce monstru plăsmuit de o imaginație ușor bolândă. Și nici nu am de gând să mă apuc să învăț acum. Deși mulți ar spune că fix astea sunt calități demne de-o soție! Problema este că fix genul ăsta de soție eu nu pot și nici nu vreau să fiu.

Nu pledez pentru lipsa de empatie, ci pentru tăierea cordonului ombilical care încă îi leagă pe unii bărbați de ideea de a-și transforma iubita sau soția în mamă-surogat, uneori inclusiv cu dispensă pentru sex. La un moment dat, acest aranjament grotesc clachează și cei implicați ies serios și permanent avariați.

Deci, din nou… nu!

***

Nu mă deranjează că nu sunt personajul pozitiv din povestea vieții mele. Și asta pentru că, în realitate, spre deosebire de poveștile din cărți sau filme, personajele pozitive nu câștigă aproape niciodată. Cele câteva excepții sunt insignifiante. Iar dintre ele, un căcat de accident sau un căcat de cancer își ia comision. Baban. Că nu știu cum se face, dar și moartea, când se pune pe treabă, nu se încurcă, seceră cam la întâmplare, dar parcă mai și alege, pe sprânceană, uneori: pe cei mai tineri, mai buni, mai deștepți și cu un potențial de care omenirea nu va putea beneficia vreodată... asta, așa, ca o tristă constatare, căci până la urmă, mai devreme sau mai târziu, destinația este, invariabil, aceeași. Trăgând linie, cred că întrebarea cea mai importantă este dacă ți-a plăcut să trăiești. Sau, mai exact spus, dacă ți-a plăcut să trăiești viața pe care ți-ai făcut-o. Scurtă, lungă, câtă a fost să fie, dar măcar ai lins tot, până la capăt și apoi și degetele? Ai făcut-o lată ori de câte ori ai avut ocazia? Ai încălcat reguli stupide și nu ai respectat standarde aberante? Ți-ai impus punctul de vedere și nu te-a durut nici măcar undeva de părerile gloatei? Ți-ai înfruntat fricile și ai dansat cu demonii proprietate personală? Ai făcut și bune, dar și rele? Dintre cele pe care să le fi plătit, să te fi usturat și apoi să le fi ținut minte toată viața? Ai încercat măcar să-ți împlinești un vis? Sau pe toate? Ai renunțat la „ce trebuie" pentru „ce vreau"?

Dacă da, aia e! Poți să consideri că ai tras lozul cel mare, moartea nu prea mai are ce să-ți ia...

Dacă nu, tot aia e, că e nevoie și de ratați pe lumea asta...

***

Nici prințesă, nici Cenușăreasă. Doar femeie. Liberă!

Eva...

Gustul ei de vară indiană, vecină cu eternitatea.

Am pierdut-o... după ce s-a căsătorit, și-a dorit să înceapă de la zero totul, alegând să rupă legăturile cu toți cei care au făcut parte din viața ei și au însemnat ceva, ca și când, odată cu acest gest de renegare, și-ar fi resetat cu adevărat trecutul, ștergându-l din istorie. Gata, nu a existat!

M-am numărat printre cei căzuți. Era de așteptat, dar am refuzat să cred, până în ultima secundă. Aceea când am revăzut-o, după câțiva ani, complet întâmplător. Schimbată. Cu o mască nouă, strălucitoare, dar rece. Mi-a zâmbit convențional și asta m-a durut mai mult decât orice. Nu, nu m-a durut. M-a dezamăgit... Sentiment parșiv, pe care am învățat să-l țin departe de mine în relațiile cu oamenii, cel puțin după moartea simbolică a lui N. Însă Eva a fost, până acum, ultimul meu punct vulnerabil, ultima oază de simțire, ultima clipă de slăbiciune. Ultima dată când, undeva în adânc, i-am cerut ceva Universului cu ton de rugă. Ultima dată când am greșit, permițându-mi să cred în altcineva decât în mine însămi, în altceva decât în faptele mele. Poate nu am nimerit eu frecvența pe care Universul răspunde fiecărui muritor de pe planeta asta insignifiantă, poate că Universul era ocupat atunci cu ale lui și de aceea a fost surd la trâmbițarea mea. Și poate că a fost mai bine, căci, de acum, voi fi și eu ocupată, în exclusivitate, cu ale mele, Eva...

Ne-am salutat ca două vagi cunoștințe, mâna ei piersică în palma mea de copil nerăbdător nu a zăbovit decât o fracțiune de secundă, atât cât s-o simt cum alunecă spre un neant fără întoarcere. Cuvintele care au urmat, minutele sau orele – nu mai știu – au fost atât de goale, că nu puteam decât să le aud cum zdrăngăne și, deși m-am străduit să mă prefac că este muzică, nu zăngănit sec și iritant, nu am reușit. Pe Eva am pierdut-o atunci când ar fi trebuit să ne avem dincolo de aparențe și de oamenii ce se flutură prin viețile noastre...

Nu era însoțită, dar nu a ezitat să facă paradă de o viață glamuroasă, mărturisită prin fotografii numeroase, prin declarații tari, prin tonuri în dezacord cu cine era ea, de fapt, prin nuanțe trucate. Și imagini trucate. Ea și el, în același decor, pe rând. Colaje cu ei doi. Abundență de detalii în explicații. O viață plină ce dădea, efectiv, pe dinafara vasului acestui cuplu ce mie mi se păruse, încă de la bun început, artificial. Făcătură. Ulterior am aflat că, de fapt, Eva divorțase, dar continua șarada soției fericite. Se mințea pe ea, îi mințea pe alții. Îl urmărea, bolnav, pe fostul soț și pierdea ore în șir pentru a confecționa dovezi ale unei vieți ce nu mai exista. De ce, Eva? Cum de ai căzut atât de mult?

- Nu simt nevoia să mă justific, Anays. De fapt, nu am de ce s-o fac și chiar de aș avea, tot nu aș face-o...

Nu fusese vorba de justificări între noi... Dar se pare că ea uitase.

Și totuși... e încă frumoasă. Încă îmi vine să plâng de emoție în fața ei. Încă nu am întâlnit echivalentul ei la masculin. Și nici măcar o altă femeie care să-mi fi trezit, ulterior, în epoca post-Eva, sentimente similare.

Este arhetipul Fecioarei... Da, tot așa o simt. Senzuală. Dar nu mai este nici liberă și nici împăcată cu ea însăși și cu lumea prin care altădată trecea plutind, marcându-i profund pe cei din jur. Sunt sigură că, de-a lungul timpului, nu am fost unica tulburată de apropierea ei. Fac echilibristică între cinism și sensibilitate și sub sârma pe care acum mă balansez în forță nu se găsește plasă de salvare… Se găsesc zeci de brațe de bărbați, gata să mă prindă, dacă asta mă consolează cu ceva... și, până la urmă, va trebui s-o facă!

Eva *mea* nu mai este de mult *a mea*. Probabil, va rămâne de acum doar un orizont intangibil...

E frumoasă, dar în viața asta am cunoscut femei cu mult mai frumoase. Și ce? Răzbate, dincolo de zâmbetul desenat de o mână slabă și privirile mate, ceva inefabil… Când mă gândesc la ea, sunt blocată între punct și virgulă... și continuu să mă prăbușesc în vidul dintre *cine am fost* și *cine am ajuns*. Noi. Da, despre un *noi* altădată sacru, azi inexistent este vorba.

Iubită Eva, rămâi cea mai tulburătoare cicatrice a sufletului meu...

Granița dintre iubire și obsesie este uneori incertă, greu de stabilit clar și, de aceea, încălcată de atâtea ori.

***

„Iartă-mă”... ce cuvinte sublime și cât de puțin rostite! Parcă ne-ar frige limba și ne-ar arde buzele, parcă ne-ar șlefui dinții și ar lăsa în urmă gust de leșie, atât de tare ne ferim de ele. Și nu, nu este suficient să le simți și să ai impresia că le-ai transmis cumva, telepatic, persoanei căreia ar trebui să i le adresezi. Dar să le simți este indispensabil... Cu toții greșim. Ok, asta nu este o noutate. Noutatea ar fi să mai și recunoaștem asta, măcar din când în când, și să o facem până la capăt, spunând cele două cuvinte, altele decât „Te iubesc", cui i-am greșit. Nu doare. Dimpotrivă. Eliberează. Știu, pentru că am trăit-o.

Nici nu vă imaginați peste cine am dat recent... peste R! Joaca mea cu visurile și sentimentele lui mi-a convenit o perioadă bună. Știam că nu este tocmai *fairplay* ce fac, deși nu i-am dat niciodată false speranțe și el a fost cel care a continuat să se implice...

Ok, hai să fiu sinceră. Nu „am dat" peste el, ci l-am căutat, după ce mi-a apărut pe Facebook, etichetat într-o poză, cu niște vechi prieteni comuni. Cred că voiam să știu ce mai face, cum a trecut ceva timp de când ne-am văzut ultima dată. Fără să mă amăgesc că „timpul vindecă", trăgeam totuși nădejde că poate i-a oferit alte șanse, mai bune, mai interesante, mai captivante. I-am găsit contul și i-am lăsat un mesaj. Țin minte cât de răscolitor fusese pentru el când făcusem ultima dată asta, dar, cumva, știam că trebuie să-mi asum acest risc și să nu dau înapoi. Detest lașitatea, nu văd atunci de ce aș profesa-o chiar eu însămi. De aceea, ca să nu existe confuzii, în locul clasicului „Bună" și atât, care nu se știe ce așteaptă, aruncat acolo, stingher, în câmpul de dialog (uneori mai crud decât un câmp de bătălie), i-am scris un mesaj mai lung. L-am întrebat dacă este bine (și părea, pozele de pe contul lui îl înfățișau drept un soț și-un tată de două ori fericit) și i-am spus că-mi pare rău pentru o perioadă în care, deși fără să-l mint, poate că nu am fost corectă față de el. Și am încheiat cu... cele două cuvinte: „Iartă-mă". Am dat „trimite" mesajului și m-am scuturat ca de o presimțire... Prea aveam senzația că vreau să-mi pun în ordine viața, oare nu intrasem în anul morții? Sau doar în cel al unei conștientizări mai profunde! Eee, să nu exagerăm. Sau poate doar eram curioasă dacă R mai simte ceva pentru mine, ce atâtea fandoseli! Ah, curiozitatea asta feminină atât de meschină! Însă dincolo de aceste rațiuni, misiunea principală fusese îndeplinită, mă simțeam mai bine, acum, că îi scrisesem ceea ce poate ar fi trebuit să-i spun cu mult timp în urmă. Sau poate că nu ar fi trebuit deloc, căci, repet, nu l-am dus de nas nicio clipă, iar el, adult fiind, știa exact în ce se bagă. Una peste alta, acum nu a mai avut nevoie de o perioadă mai lungă de tăcere ca să-mi răspundă. Știa și el că jocul se terminase de mult, așa că, îndată ce s-a conectat și a văzut mesajul meu, mi-a scris. Cu o bucurie despre care nu pot ști dacă era contrafăcută sau nu, mi-a spus așa:

„Dragă Anays, nu ai de ce să-mi ceri iertare.

Pentru că ești iubit și nu iubești,
nu se cere iertare.

Am înțeles și eu asta destul de târziu. Nu m-ai mințit și nu m-ai menajat – deși nu neg că au fost perioade când aș fi dat orice s-o fi făcut – și nici nu m-ai amăgit cu promisiuni, chiar dacă nici nu mi-ai dat drumul. Nu mai contează acum nimic din toate astea. Stai liniștită. Sunt bine acum. Dar să știi că undeva, într-un colț de inimă, te voi iubi mereu...".

Satisfăcută, Anays? Ai primit ce doreai? Ai hrănit orgoliul prostesc? Sau doar încrederea în sine ce are nevoie, din timp în timp, de o... reîmprospătare, ca să mai poată funcționa? Acum ce o să faci, o să-i ceri din nou iertare, de data asta pentru că tocmai i-ai (re)invadat liniștea? A scris că este „bine”, nu „fericit”, ai sesizat? Hai, să nu-mi dau nici atâta importanță, până la urmă, încât să am senzația că, pe unde trec, fac ravagii... Omul e bine și cu asta basta.

Alt capitol încheiat definitiv.

Peste cazurile clasate, e bine să lași să se aștearnă praful gros al uitării definitive.

***

Mirosul... memoria olfactivă păstrează fidelă multe arome, miresme și parfumuri cu care m-am intersectat de-a lungul timpului. Pe unele, le-aș recunoaște și azi, dintr-o mie, chiar dacă au trecut ani de când nu le-am mai simțit că-mi mângâie simțurile. Toate simțurile... dar dintre toate, mirosul pielii lui este cel mai rar, mai drag și mai îmbătător parfum pe care am avut privilegiul să-l inspir până la sațietate. Glumesc. Nu există așa ceva când este vorba de efluviile de mosc și lemn de santal pe care pielița fierbinte a gâtului le emană firesc, creând cu mirosul de tutun un mix olfactiv letal pentru terminațiile mele nervoase. În contact cu el, abandonez ființa rațională care par a fi uneori, în favoarea ființei de pasiune ce mă domină de cele mai multe ori, fără nicio jenă.

Bărbatul al cărui miros natural amestecat suav cu parfum și tutun îmi anesteziase orice urmă de voință nu era unul complet necunoscut. Ne întâlnisem demult, atunci când el era prea tânăr, prea dornic, prea neștiutor, iar eu îl refuzasem, explicându-i că prin asta nu fac decât să-i păstrez intactă șansa întâlnirii erotice la care atât de mult visează. Toate au un timp al lor, iar atunci nu a fost timpul meu și al lui I.

Însă ne-am regăsit, ne-am recunoscut și formalul sărut pe obraz ne-a blocat în capcana dorinței. Simțeam că-l cunosc, că îmi este promis și pus deoparte, dar nu reușeam să-l aduc din amintire, în timp ce el mă recunoscuse imediat, continuându-și sărutul cu o inhalare scurtă și profundă a parfumului ce-mi dezmiardă baza urechii. A fost suficient ca să uităm amândoi că ne aflăm în public, între cunoscuți comuni, încântați să ne facă cunoștință.

Orele ce s-au scurs până când, în sfârșit, am putut rămâne singuri le-am petrecut suspect de aproape, respirându-ne intensiv, de parcă la o distanță mai mare de jumătate de metru de celălalt s-ar fi terminat brusc oxigenul.

- În sfârșit, îți vei putea ține promisiunea, mi-a șoptit, în timp ce mă cuprindea după talie și-și scufunda, eliberat de ochi indiscreți, capul în părul meu. Îmi aminteam mirosul tău, Anays, miros de piele moale și aspră, în același timp, fierbinte și înghețată, miros de dragoste amânată. Așa l-am numit în gând și l-am căutat zadarnic în toate femeile pe care le-am cunoscut. Și m-am răzbunat pe tine și pe cruzimea ta de-atunci iubindu-le pe aceste femei complet, până la epuizare, dăruindu-le tot, și ce au vrut, și ce nu au visat că vor căpăta, satisfăcându-le și cunoscându-le adânc, lent, apăsat și ritmat, la infinit, așa cum am simțit că vei vrea și tu... Mă recunoști, femeie de patimă și dor? Știi cine sunt? Mai ții minte când m-ai abandonat?

Nu te lăsa amăgit de visuri, de multe ori nu sunt decât șerpi crescuți la sân ce nu ezită să te muște, în timp ce te privesc adânc în ochi...

Îmi adusesem aminte.

- Înseamnă că atunci am avut dreptate, nu?, i-am șoptit, nu înainte de a-i săruta o dată și încă o dată obrazul, gâtul, umărul, pieptul... și am simțit cum hergheliile de armăsari ce-mi pârjoliseră de câteva ori de atunci cele mai neortodoxe gânduri se întorseseră să-mi confirme cuvintele, și așa inutile la vremea lor. Crescuse între timp I, își pierduse de mult inocența și decența în pat și asta îl transformase într-un amant foarte bun. Părea antrenat să dăruiască plăcere, corpul lui tare, încordat, cu piele mată și fierbinte, adăpostea ispite pentru care ești gata să sacrifici orice ți-ar cere...

M-a intoxicat de-un erotism virulent, ce m-a făcut, pe loc, dependentă. A urmat o perioadă atipică pentru mine, cu I m-am tot întâlnit, însă nu dincolo de granițele generosului pat. De obicei la el, se mutase într-o casă mare, aproape de centru și cu vedere spre parc. Îmi plăcea să facem dragoste dimineața devreme, cu ferestrele larg deschise, iar mirosul feciorelnic de zi neîncepută să ne ațâțe și mai tare simțurile, să se amestece printre noi și să nu ne dea pace până când schimbul de fluide, senzații și gesturi obscene nu ne va fi secătuit. Ne opream să ne tragem sufletul, să facem ceva cu ziua aceea ce-și arăta pe deplin goliciunea când nu ne iubeam, doar pentru a o lua de la capăt, perfect izolați de zgomotul unei lumi ce trăia în paralel cu noi.

Ne-am iubit scurt și sălbatic, prelung și suav, ne-am dăruit trăiri și amintiri pe care nu le poți rechema fără să te tulburi și nu ne-am dat drumul până când am simțit că, dacă mai continuăm așa, riscăm să o luăm complet razna. Ajunsesem să visăm la *penis captivus* ca la cea mai copleșitoare dovadă că nu am mai vrea să ne separăm vreodată... Și în timp ce trupurile nesățioase continuau destrăbălarea, neuronii începuseră, treptat, să-și revină din beție și să înțeleagă că această pierdere a simțului realității este sublimă atâta timp cât este doar temporară.

Așadar, venise vremea și atunci am înțeles că...

Uneori, plecarea este cel mai bun răspuns. Oferă-l cu capul sus, ignorând durerea momentului și fără să privești în urma ta!

***

Era genul de bărbat pe care îl vezi. Imaginea este prima noastră armă în cucerirea concretului, iar el știa asta, folosind-o inteligent. Nu-l costa nimic să împrăștie farmec, nu se temea să culeagă furtună. „Aventurier”, mi-am zis și am clipit mulțumită ipocrit de faptul că, deși nu-mi place să fiu etichetată, eu o fac din când în când. Dar așa aveam falsa senzație că dețin controlul unei situații de necontrolat. Știam și asta, doar că mai am și eu nevoie de minciuni moi, pe care să-mi odihnesc, câteodată, intuiția.

Aeroportul nu era deloc aglomerat, nimerisem la o oră cu zboruri mai rare, ciudat aranjament, dacă stau să mă gândesc (nu cred în conceptul de „coincidență”), căci altfel, cu siguranță, nu l-aș fi zărit. Prin câteva straturi de sticlă, ușile glisante ale unui hol interminabil și cele ale cafenelei de pe aeroport, lipsite de eleganță. Poate tocmai de aceea el contrasta atât de mult cu tot ce era în jur, deși rolul de pasager îi venea ca turnat. „Business class, fac pariu”, am murmurat pentru mine. Doar destinația nu i-o puteam ghici în gesturi sau priviri. Și nici naționalitatea.

După câteva ocheade discrete, am renunțat să mă mai uit în direcția lui. Bănuiam că mă văzuse și atunci fiecare secundă în plus m-ar fi dezavantajat. Apoi am simțit privirile lui fixe, străbătând în galop distanța dintre noi. Ok, mai aveam mai bine de o oră până la îmbarcare, să ne jucăm, așadar. Și m-am așezat confortabil în sala de așteptare a zborului de alături. Eram doar curioasă să văd ce face. A plecat din cafenea și s-a așezat tot departe, dar fără ca vreun obstacol să ne mai stea acum în cale. L-am ignorat un timp, apoi am început să-i întorc privirile. Zâmbetele noastre erau la fel ca în momentele anterioare întâlnirii noastre, așa că ele nu trădau că începuse să ne placă vânătoarea asta impalpabilă și complet inexistentă pentru cei din jur. S-au topit atunci multe rețineri. Poate că nici nu vorbeam aceeași limbă, dar ochii nu știau asta și își spuneau nestingheriți povestea bucuriei de moment. Cine sau ce era fiecare în viața reală puțin conta. Mesajele zburau necodificate și, cu fiecare privire în plus, tot mai grele, tot mai încărcate. Când am simțit că aerul devine fierbinte și că deja ochii erau dornici să predea ștafeta gurii... ei, bine, atunci el a dispărut. M-a surprins plecarea lui inopinată – căci, deși nu fusese parcimonios în comunicarea noastră, iată că nu catadicsise nici măcar să-și ia la revedere. M-am gândit, amuzată, că poate pierduse zborul din cauza asta și acum fugea disperat pe pistă, făcând semne caraghioase piloților, să oprească aeronava și să-l aștepte și pe el! Înviorată și deja arhivând istoria fără cuvinte, mă pregăteam să mă îndrept către poarta mea de îmbarcare. Atunci însă, l-am zărit însoțit de o valiză, cu biletele și pașaportul în mână, discutând aprins cu angajatul companiei aeriene ce opera zborul la a cărui poartă mă așezasem eu. Am urmărit întreaga șaradă, căci bănuiam ceva și mi-am amânat plecarea cu câteva minute doar, căci la poarta mea începuse deja îmbarcarea. Până la urmă, a plătit ceva, a luat alte bilete și m-a căutat cu privirea, arătându-mi din ochi noile bilete... și m-a pufnit râsul! A rămas uimit, cu pasul în aer, căci se pregătea să vină lângă mine, să mă abordeze și să-mi comunice – sunt sigură! – că-și schimbase în ultima secundă destinația de zbor doar ca să nu mă piardă.

L-am mai privit o dată, am înclinat ușor din cap a salut și m-am îndreptat fără grabă către poarta mea de îmbarcare unde ultimii pasageri pășeau pe culoarul asemănător unui cordon ombilical, culoar ce lega burta avionului de aeroport. Am trecut printre cei din urmă de controlul biletelor și nu m-am mai uitat înapoi, dar i-am zărit pentru o clipă privirea pierdută și gestul de nedumerire, apoi s-a uitat la ceas şi, exact cum îmi imaginasem mai devreme, a luat-o la fugă prin aeroport, probabil să prindă zborul inițial.

De la fereastra locului meu, nu l-am zărit pe pistă, dar asta nu m-a împiedicat să nu zâmbesc amuzată recentei amintiri cu un bărbat frumos și extrem de romantic, într-o după-amiază banală a unui aeroport pierdut în lume, şi cu o femeie insensibilă și arogantă.

Ei bine, redevenisem eu însămi...

***

Când l-am cunoscut, mi-a spus că nu contează cum îl cheamă și că este sigur că noi doi avem în comun mai mult decât un nume... uitat. Că el este oglinda mea, versiunea mea masculină. Și mai mult decât atât. Căci dacă o femeie nu-și poate face titlu de glorie din numărul bărbaților care i-au trecut prin pat, în schimb, un bărbat își poate ridica statui. Așa, ca el. Și mi-a zâmbit superior de pe acel piedestal imaginar pe care se cocoțase plin de vanitate. Un bărbat care jignește o femeie de la primele cuvinte pe care i le adresează nu este bărbat. Doar o caricatură ieftină, un fel de draft din miile pe care Dumnezeu le-o fi aruncat la coș până să-l creeze pe Adam. Și discuția noastră s-a încheiat acolo, mai degrabă monologul lui, căci mi se părea înjositor să-i răspund, indiferent ce.

Nu mă cobor la mintea nimănui, căci drumul e lung, călătoria, plictisitoare și miza, inexistentă.

La ceva timp după această nefericită întâmplare, *Curvarul*, cum l-am supra-numit pe masculul fără nume și, aparent, și fără creier, mi-a ieșit din nou în cale, fix unde mă așteptam mai puțin. Rezulta că este fostul soț al surorii unei prietene și, fără să vreau, am aflat despre el mult prea multe, informații care, în mod normal, nu mă privesc și care au ajuns la mine, deși nu aveam nevoie sau chef de ele. Dar femeia suferea și simțea nevoia să-și descarce sufletul, deși nu se afla în intimitate. Evident că nu tot ce auzisem era adevărat, căci adevărul are calitatea asta ciudată de a arăta diferit în funcție de unghiul din care este privit, dar ceva-ceva tot mi-a rămas în minte, căci se potrivea perfect cu gustul amar pe care mi-l lăsase la prima întâlnire. Ok, *amar* e mult spus, pentru că implică existența unei senzații, ceea ce contrazice complet realitatea mea. De fapt, îmi era indiferent.

A treia oară era cât pe ce să dea peste mine. Alerga pe holurile lungi și semiîntunecate ale uneia dintre clădirile administrative ale orașului, în timp ce eu tocmai ieșeam dintr-o audiență. Și-a cerut scuze formal și impersonal, din fugă, pentru ca, zece secunde mai târziu, să proceseze imaginea mea și să-și dea seama cine sunt. Să mă simt măgulită că m-a recunoscut? Să fim serioși... S-a întors, m-a salutat și și-a cerut din nou scuze, de data asta cu o urmă de regret în glas.

- Nu pentru incidentul de adineauri te rog să mă ierți, ci pentru impertinența din ziua în care ne-am cunoscut. Sincer să fiu, am încercat să te impresionez din câteva cuvinte și se pare că am reușit, dar nu așa cum mi-aș fi dorit...

- Nu te flata.

- Sau nu am reușit. În orice caz, nu contează, ideea este că-mi pare rău, simt că am început cu stângul. Putem s-o luăm de la început? Numele meu este...

- Nu te deranja, nu mă interesează. Îți accept scuzele. Toate scuzele. La revedere.

Și-am plecat. A dat să mă oprească, dar și-a adus aminte la timp ce mascul feroce este și deja își ieșise destul de mult din rol, așa că nu a mai făcut niciun gest. În schimb, am aflat după, s-a interesat de ce treabă am avut acolo și dacă este rezolvată, iar când am revenit, a făcut în așa fel încât să trebuiască să ajung și la el în birou. La mâna lui, cum ar veni. Mi-am dat seama că voia să-mi plătească aroganța cu o nouă aroganță și zău dacă aveam habar când și cum de reușisem să mă antrenez într-un asemenea joc pueril. Însă, din fericire, mă înșelasem. M-a ajutat să rezolv problema pentru care deja venisem de mai multe ori și, ca semn că este momentul să îngropăm securea războiului, mi-a propus să ieșim la o cafea, să vorbim. Și asta am și făcut, căci reușise să-și abandoneze toată încărcătura de misoginism și nesimțire și se comporta firesc. În plus, mă ajutase, deși nu ținea direct de competența lui.

Am discutat câteva ore la cafea și nimic mai mult. *Curvarul* (până la urmă, mi-a spus cum îl cheamă, dar eu nu am reținut) avea multe de spus și, mai ales, multe de auzit. Nu întâlnise încă o femeie care să vrea să discute deschis cu el despre subiecte considerate (încă) delicate, iar el ar fi vrut neapărat punctul de vedere al uneia care știe ce spune și care nu vorbește din imaginație sau din cărți, ci din realitate. Și se pare că eu eram aceea. Am fost sinceră cu el și i-am povestit despre cum am fost martora involuntară a spovedaniei fostei lui soții. Nu a părut afectat, însă a avut o întrebare-cheie:

- Care dintre ele?

Ok, asta promitea să devină amuzant. O cafea s-au făcut vreo trei, dar *Curvarul* părea să fie altă persoană decât cea pe care o întâlnisem eu sau cea cu care se căsătorise și de care divorțase acea nefericită femeie. În orice caz, nu-i lipseau inteligența, umorul și charisma ce se dezveleau treptat, pe măsură ce conversația devenea tot mai fluidă.

- Ce nu vor să înțeleagă femeile este că bărbații s-au cam săturat de atâtea lamentări, văicăreli și victimizări. De așa-zisa literatură feminină (ca să nu zic feministă), în care nu faceți altceva decât să vă plângeți și să vă consolați reciproc, mai ales cu privire la ticăloșia bărbaților, dar și a altor femei de tip „cealaltă". Știi la ce mă refer, nu? Ca bărbat trecut prin trei divorțuri, îți spun cu mâna pe inimă că dacă femeile ar încerca să ne vadă ca pe partenerii lor de viață și nu ca pe acei „porci" și „boi" care le fac viața un calvar, poate că situația lor/noastră ar fi complet alta. Ne-am săturat și de cicăleala tipică, de încrâncenare și de lipsa unei minime voințe de a discuta cu cărțile pe față. Direct. Fără atâtea ocolișuri, învelișuri, figuri de stil, drame și trame, de parcă în fiecare femeie zace câte o Sandra Brown nedescoperită. Pe bune, în realitate, lucrurile pot fi tranșate mult mai simplu, mai rapid și mai eficient. Dar ai cu cine?

Nu neg, desigur, că bărbații au și ei partea lor de vină, clar că o au, dar dacă nimeni nu începe de undeva să facă ceva împotriva acestei degradări, să conștientizeze dezastrul, să-și iasă din rol, să vrea să salveze ce se mai poate salva și, în același timp, să construiască în cuplu, atunci suntem pierduți cu toții.

Eu am încredere în femei. În intuiția lor fantastică, în priceperea lor de a face pământul să se învârtă și în jurul Lunii, dacă asta vor, în eleganța spiritului lor și, în special, în puterea pe care o degajă, chiar dacă uneori nu sunt conștiente de ea, iar alteori o neagă. Eu am încredere în femei atunci când, în loc să se văicărească, deschid ochii și ne văd, în sfârșit, așa cum suntem. Nu?

- Sau așa cum vă văd mamele voastre, că și ele tot femei sunt, corect? Dar, lăsând gluma la o parte, cred că ai dreptate. Totuși, ambele părți au parte de responsabilitate în situația asta. Nu zic ca tine, „vină”, pentru că nu-mi place să dau sentințe, dar responsabilitate, cu siguranță.

- Sau de ce nu înțeleg femeile că este posibil să existe prietenie între un bărbat și altă femeie decât cea de acasă, fără ca asta să implice nimic mai mult decât ceea ce este: prietenie? Știu ce zic, unul dintre divorțurile mele a plecat fix de la asta. Nevastă-mea nu înțelegea că între mine și o altă femeie, pe care a și cunoscut-o, de altfel, nu este nimic decât prietenie!

- Ăsta este un clișeu. În orice caz, în 99,9% dintre cazuri, prietenia asta pură pe care o elogiezi tu, dacă nu presupune și altceva, va aluneca, în timp, inevitabil, către acest altceva. Eventual, în prietenie cu „beneficii". Așa-i că asta era ce nu înțelegea soția ta?

- Nu e nevoie să mă ironizezi, eu chiar vorbesc serios. Vezi? Ce ziceam! Eu vorbesc direct, pe față, fără apropouri sau alte înflorituri și tu strecori ironii, te amuzi și așa mai departe, dar nu cumva să ataci frontal subiectul. De ce? Nu înțeleg de ce faceți mereu asta.

- Bine. În primul rând, mai ușor cu generalizările. Femeile fac, bărbații dreg. Nu există așa ceva. Nu cred în generalizări, în etichete și nici în statistici. Ci în discuții pe cazuri concrete. Povestește-mi, te ascult!

***

De multe ori, nu este nevoie decât de un simplu gest și viața prinde sens... și tot de multe ori, acesta nu este niciodată făcut.

- Perfect. Îți povestesc o singură întâmplare. Ultima soție, ultimul act.

„L-am părăsit pentru că nu mă respecta și pentru că era un bădăran...", așa a început să-mi povestească în pauza de prânz o colegă de muncă (pe vremea aceea, lucram în altă parte) frânturi din viața ei. Era tristă și asta mă deranja. Eu nu suport ca o femeie să sufere. Să fie tristă sau, și mai rău, să plângă. Așa că m-am apropiat de ea în pauză, cu un singur scop în minte – indiferent de ce se întâmplase, trebuia s-o fac să zâmbească! În schimb, ea mi s-a confesat. Nu avea nevoie de veselie, ci de cineva care s-o asculte... și avea multe de spus... Curgeau din ea râuri de nemulțumire și eu nu știam ce să fac. Ți-am spus că sunt sătul de văicăreli și fandoseli, îmi erau suficiente cele de acasă, așa că simțeam deja că mă sufoc... Totuși, am rezistat tirului, fiind salvat de durata scurtă rezervată pauzelor de masă. De fapt, ea nu avea nevoie de sfaturi, știa foarte bine ce vrea – și anume să nu se mai întoarcă la acel el ce-i pricinuise toată această suferință –, în schimb, avca ncvoic să fic ascultată și încurajată. Să nu fic singură și probabil că oricine ar fi fost la fel de bun pentru ea în acele momente. Dar s-a nimerit să fiu eu, și nu altul...

Printre șuvoaiele de nemulțumire stârnite de fostul ei partener se întrevedea însă pofta ei de viață. Începuse – deși nu era conștientă de asta – să caute ceva nou, care s-o facă să uite toată mizeria trăită cu „porcul", cu „boul". Exact ce vorbeam mai devreme!

Imaginează-ți că eu nu am apucat să-i spun nimic! Pauza s-a terminat și noi ne-am retras fiecare în biroul lui.

După program, incitat într-un fel de povestea ei și gândindu-mă că poate se simte singură, mi-am propus s-o aştept în parcare. Mi-am făcut de lucru, simulând că-mi curăţ parbrizul maşinii, mi-am scuturat covoraşele şi am dus câteva hârtii la coşul de gunoi, dar ea tot nu apărea. Într-un final, mi-am dat seama că în curtea instituţiei rămăsesem doar eu şi paznicul de noapte. Mi-a sunat telefonul. Era soţia, mă ruga să trec pe la o alimentară să cumpăr pâine. Am pornit maşina, gândindu-mă că a plecat mai devreme. Nu-i nimic, şi mâine este o zi, mi-am spus, şi am luat drumul spre casă, mulţumit că făcusem totuşi o faptă bună.

Recunosc că zâmbeam când frânturi din povestirea-i încă reverberau în memoria mea şi-mi zguduiau aerul meu de om serios, însurat şi familist. Erau acolo, în poveştile ei, bucăţele ce rezonau cu nemulţumirile mele faţă de relaţia în care eram implicat cu acte în regulă. Tot acolo se reflectau multe dintre nemulţumirile soţiei mele, acelea la care eu devenisem de mult timp imun şi ea ştia asta.

Ajuns acasă, din senin, soţia mi-a reproşat că de dimineaţă nu am scos gunoiul din curte şi că maşina a trecut fără să ia şi tomberonul nostru! Procedasem exact ca el, ca partenerul colegei mele de serviciu, şi asta m-a făcut să zâmbesc din nou. Zâmbetul meu a stârnit şi mai tare nemulţumirea soţiei. În zadar am încercat să-i explic coincidenţa, că nu a înţeles. Nu a înţeles conceptul de *prietenie*. Ce dacă era vorba de o femeie şi nu de un bărbat? Eu discutasem atunci cu persoana respectivă, nu mă interesa sexul acesteia. Eu încercasem să alin un suflet. Atât. Iar sufletele sunt asexuate, corect?

„Stai și asculți toate fufele de la muncă și când îți spun eu ceva, te hlizești ca un bou!” (da, același redus vocabular feminin, să mă scuzi), a punctat și am înțeles că am făcut încă o greșeală. Am încercat s-o dau la întors, să scap de gura ei, și asta a determinat-o să creadă că într-adevăr am ceva de ascuns. „Iubito, am auzit-o spunând unei colege toate aceste lucruri, stăteam la două locuri de ele în sala de mese și am auzit fără să vreau”. „Minți”, a picat tăioasa replică peste liniștea deja spartă.

Noroc (sau ghinion?) că atunci a intrat pe ușă fiul nostru și am încercat să deviez atenția asupra lui. A cerut apă, nimănui în special, dar eu am sărit ca ars și i-am oferit un pahar. Nici asta nu a fost bine. Mă cunoștea îndeajuns încât să înțeleagă că avea dreptate. „Vezi, te comporți ca un vinovat ce vrea să ascundă ceva. Tu, în mod normal, nu te ridici la nevoile nimănui, nici măcar ale copilului, că doar ai în casă o sclavă dispusă să îți pună toate pe tavă. Hai, recunoaște! Măcar găsește puterea să-mi spui în față că te transformi în bunul coleg, în speranța că vei avea parte de o mică recompensă din partea ei”. Eu aș fi putut jura până în acel moment că nu este așa, dar... dacă ea îmi dă idei, ce să fac? În realitate, nu eram decât colegi, dar toată discuția asta mi-a dat brânci să mă gândesc în lumina unui „ce-ar fi dacă?”. M-am înroșit tot, dar m-am și înfuriat. Realizam că sunt o carte deschisă în fața nevesti-mii – doar ți-am spus, bărbații sunt direcți, transparenți, fără artificii inutile – și că nu-i puteam ascunde nimic, și asta mă scotea din minți! Unde era intimitatea mea? Ce se întâmplase cu mine în tot acest timp de când mă însurasem iar?

Roșu la față și tremurând de nervi, mi-am apărat cum am putut demnitatea mea de bărbat. Nu am recunoscut nimic, deși mă intuise perfect. Mai lipsea să-mi spună cum mi-am curățat mașina așteptând-o și mă puteau duce la spitalul de nebuni.

În noaptea aia, am dormit în camere diferite. Dimineață, am trântit ușa și am plecat la muncă. Acolo, gândurile mi s-au limpezit și mi-a fost clar că tot ce vreau este s-o văd și s-o aud din nou. Ceva mă chema spre ea. Felul în care povestea, ușor aplecată spre mine, cu o voce joasă și sexy, plină de încredere și recunoștință, în același timp, mă stârnise, ațâțându-mă să merg mai departe.

La pauză însă, locul de lângă ea era ocupat și eu a trebuit să înghit în sec. Seara, mi-am făcut din nou de lucru în parcare, plin de speranță. Și de data asta am avut ghinion, probabil că plecase din nou mai devreme. Am ajuns acasă la aceeași oră, la fel ca în toate serile. Nu am întârziat nici măcar un minut. Scena din seara trecută însă nu s-a mai repetat, slavă Domnului!

Și timpul a trecut, și toate au început să fie... date uitării. Ea nu mai părea interesată s-o ascult, de fapt, nu mai părea deloc interesată de prezența mea, poate că îmi făcusem treaba și acum mă putea arunca, nu știu, vorbesc prostii, cert este că mă ignora, așa că și eu, la rândul meu, m-am convins că e mai bine să păstrez o distanță mai mare față de femeia cu confidențele, astfel încât să nu trezesc nicio suspiciune nimănui. Nici măcar mie însumi! Îngropasem securea fustangiului undeva în adâncul memoriei mele și nu aveam de gând să o mai scot de acolo.

Îți jur! Că doar altfel nu m-aș mai fi căsătorit iar. Acum chiar preferam să duc o viață liniștită și să nu-i mai dau soției motive de îngrijorare și lamentare.

Dar au venit sărbătorile sfârșitului de an și petrecerile aferente, inclusiv cea de la muncă, acolo unde toți angajații și-au adus și soțiile. Deși, aparent, domnea pacea și calmul între noi, iar eu eram mulțumit că eforturile mele de cumințenie dădeau roade, nici nu am intrat bine la petrecere, că numai ce o aud: „Să-mi arăți și mie care este fufa aia ce-ți povestea ție amănunte picante din viața ei! Hai, spune-mi, care este?". Pentru o secundă, m-am uitat prin sală, hotărât să i-o arăt, dar când am dat cu ochii de ea, brusc m-am răzgândit și am decis că este mai bine să-i protejez identitatea. O găsisem rapid și-mi dădeam seama că-mi place mai mult decât știam până atunci. Realizam că îmi înfrânasem o pornire sinceră și că nu făcusem deloc bine. Am înțeles într-o secundă că merită să-mi asum un risc pe care mă chinuisem să-l consider inutil. Și asta din cauza (sau datorită?) fix soției mele, insistențelor ei pe subiect și a geloziei ăsteia turbate pe care, până la urmă, nu și-a mai putut-o ține în frâu. Mi-a făcut scandal chiar acolo, de fată cu toată lumea. De rușine, am plecat și am lăsat-o singură. Am rătăcit pe străzi, neștiind ce să fac. Într-un târziu, m-am hotărât. Nu, nu m-am dus acasă, recunosc, ci m-am întors la petrecere. Nevastă-mea nu mai era acolo, în schimb, colega mea tocmai se despărțea de alte colege. Am așteptat până a rămas singură – de data asta, nu am mai ratat-o – și am invitat-o direct să bem ceva în altă parte. Ușor euforică de la petrecere, a acceptat fără prea multe mofturi, aducându-și aminte că eu sunt colegul cu umărul disponibil pentru bocelile ei. Însă de data asta eu am fost victima ce, aparent, avea nevoie de un umăr pe care să plângă. Îmi era datoare și m-a ascultat. Am profitat și eu că nu mai depindeam de minutele pauzei de masă și, din vorbă în vorbă, m-a invitat la ea. Înăuntru, mi-am regăsit liniștea și puterea de a mă întoarce acasă, acolo unde am pus piciorul în prag și am lămurit, în maniera mea, situația. Dacă nu i-a convenit când eram doar prieten cu femeia asta, poate acum, când suntem mai mult decât atât, o să-i convină... Mă rog, în realitate, nu i-am spus unde mi-am petrecut noaptea și cu cine, ci am inventat ceva lacrimogen.

Și să știi că nu mi-a fost greu să iubesc două femei în același timp. Una era conștientă de locul pe care începuse să-l ocupe în viața mea și că există o alta de lângă care nu eram dispus să plec, iar acea alta părea că uitase de mult totul și se liniștise! Ca să vezi ironia sorții: când nu făceam nimic, găsea mereu motive de ceartă și mă citea ca pe o carte, iar acum, vinovat fiind, păream un sfânt în ochii ei.

În cele din urmă, totul a răsuflat, pentru că iubita mea (amantă sună atât de înjositor, nu crezi?) m-a anunțat într-o zi, pe nepusă masă, că se mărită. Pentru mine, asta a fost lovitura de grație. Nu am suportat ideea s-o împart cu alt bărbat și i-am spus-o, așa cum și ea, la rândul ei, i-a spus nevesti-mii. Tot. A urmat ce ți-am zis, divorțul (cu cântec!). Dar ce mă deranjează cel mai tare în toată povestea asta este că ea nu și-a recunoscut nicio secundă vina. Sau, mă rog, cum preferi tu, partea ei de responsabilitate.

Poftim, ai vrut concret, ți-am dat concret, cu detalii. Acum mă înțelegi?

- Nu. Ce vrei? Să te compătimesc? Eventual, în pat? Că ți-ai înșelat nevasta și că, până la urmă, ai rămas și fără ea, și fără iubită, și, deci, ești un bărbat care suferă și care merită compătimit? Începusem să-mi fac o idee mai bună despre tine, dar tare mă tem că voi fi nevoită să mă întorc la prima impresie! Ești un „curvar" pursânge!

Și discuția s-a încheiat aici, în doi peri, fără nicio concluzie, doar cu promisiunea de a ne revedea iar. Însă eu aveam senzația că îi luasem locul lui în povestea cu fosta colegă și amantă și chiar nu îmi ardea să-i ascult mărturisirile, chiar dacă promiteau să fie picante și antrenante. În fond, perspectiva de a asculta o Șeherezadă masculină nu mă tentase niciodată, cu atât mai puțin atunci.

Nu te lăsa amăgit de zâmbete cu subînțeles, priviri lungi și șoapte senzuale... în spatele lor se poate ascunde cea mai cruntă dezamăgire!

***

O este psiholog. Cei mai mulți pacienți de-ai săi (sau clienți?) sunt femei. Toate, nefericite, disperate, neînțelese, *terminate* de te miri ce masculi *neterminați*. Proaspăt sau nu ieșite din vreo relație (sau nici măcar ieșite), vin să-și întindă nervii și mucii pe bani frumoși în cabinetul lui O. El le ascultă mimând la perfecție atenția și interesul, implicarea și empatia – adică, fix ce le lipsește pe acasă acestor femei. Și le privește în ochi cu atâta sinceritate, că-i simt privirea tăioasă cum le-o ia razna prin corp și li se oprește în chiloți. Așa că nu e de mirare că, de la a doua ședință, deja pasul le este mai sprințar, decolteul mai adânc și fusta mai scurtă.

Mi-l prezintă o prietenă, care îi este pacientă de câțiva ani și care nu face altceva decât să îngroașe rândurile admiratoarelor ce-și lasă în mâinile sale incredibil de frumoase cea mai mare parte a salariului. O nu le încurajează, dar nici nu le respinge, nu se încurcă nici cu ele, dar nici nu le retează avântul, menținând o ambiguitate greu de condamnat legal, dar nu lipsită de riscuri. Ne aflam la o petrecere și cât pe ce să se scape pe ea de fericire că și-a văzut psihologul acolo. Nici măcar nu bănuia că au cunoștințe comune, așa că nu se aștepta să-l întâlnească.

Îl privesc sceptică. Nu știu de ce, am senzația că este un șarlatan rafinat și nimic mai mult. Poate pentru că am informații din „interior". Schimbăm în trei câteva vorbe și tam-nesam începe să mă descoasă, vrând să mă târască pe nesimțite pe tarlaua lui, ce colcăie de femei rătăcite, și acolo să tabere pe mine. Una în plus, nimic altceva. Am senzația că a ieșit la vânătoare, îi și văd armele îndreptate spre mine. Ce-i drept, nu chiar toate.

De ce nu, îmi zic, și-mi propun să-i dau satisfacție.

– Am o problemă. Sau, dacă ar fi să respect realitatea matematică, vreo patru… a, nu, stai, cinci! Cinci în total! Să fie mult, să fie puțin?

Ce-i spun îl intrigă. Se apropie și mai tare, de parcă ar vrea să-mi intre pe sub piele. La propriu. Începe să mă studieze atent, ca pe un exponat rar, de laborator.

– Mă tem că nu înțeleg. La ce fel de probleme te referi?

– Masculine, evident. Deși „problemă" este de genul feminin, uite că ale mele sunt masculine toate.

– Aha, îmi zice și nu se abține să nu zâmbească superior, redevenind stăpân pe situație. Interesant, dacă vrei, te aștept oricând la cabinet să... discutăm, sunt sigur că te pot ajuta.

Și se grăbește să-mi vâre sub nas cartea lui de vizită.

– Aha, îl imit, fără să-i iau cartea de vizită. Și de ce crezi că aș vrea sau aș avea nevoie să fiu ajutată?

– Păi nu ai zis că ai... probleme?, întreabă nedumerit, mai cu seamă de faptul că l-am lăsat cu mâna întinsă în gol.

– Da, dar nu din acelea pe care să vreau să le rezolv. În plus, cu siguranță că la tine în cabinet nu ar face decât să se înmulțească.

Zâmbetul i se lățește și mai tare pe chip. A interpretat cuvintele mele ca pe un avans deloc voalat. Iar se simte în largul lui, e starea lui naturală să fie curtat de femei.

– Nu, nu, dimpotrivă... și nu mai așteaptă să catadicsesc eu să iau cartea de vizită, mi-o bagă el în palmă și-mi închide pumnul a promisiune.

Prietena mea, martoră a dialogului, se înverzește puțin. Simt că-mi pare rău pentru confuzia căreia i-a căzut pradă, dar prefer s-o lămuresc ulterior, acum am altă carte de jucat. Îmi retrag mâna, dar o fac cu încetinitorul și mă îmbujorez puțin (excelentă tehnica de a te înroși la comanda voinței, și nu a emoțiilor...).

– Pot să te invit să mergem în grădină, s-a făcut tare cald aici, zice el brusc și-mi oferă, galant, brațul.

Accept, îi fac un semn discret prietenei mele rămase în stare de șoc și ne strecurăm afară, în grădina întunecoasă și răcoroasă.

– Sper să nu mă ocolești, chiar aș vrea să știu care sunt acele probleme și, crede-mă, am experiență, sigur te pot ajuta, reia el în buclă ideea.

– Dragul meu O – îmi permiți să-ți spun așa, nu? – crede-mă, nu am nevoie să fiu „ajutată”. Mă descurc și singură cu bărbații. Nu alerg după ei, nu le duc dorul, nu le port sâmbetele. Cele cinci probleme ale mele tind să devină șase, mă repet și eu, văzând cum, profitând de brusca solitudine în care ne găseam, mă ține tot mai strâns și mai aproape de el.

– Iartă-mă, nu trebuie să înțelegi greșit, murmură și se retrage, vădit stânjenit.

Nu ştiu de ce m-a scos în grădină şi nici nu vreau să bănuiesc, jignindu-l.

– Uite barul, îmi zice, răsuflând uşurat de salvarea venită exact la momentul potrivit. Te invit la un pahar de vin... îmi place să vorbesc cu tine. Eşti... cum să-ţi spun, acidă, provocatoare... ca un spumant sec, mă complimentează el ca să dreagă busuiocul.

– Îmi pare rău, dar trebuie să plec, îi tai avântul în loc de răspuns la invitaţie.

Cuvintele mele îl nedumeresc o dată-n plus, căci nu se aştepta să-l refuz atât de categoric. Dimpotrivă, îşi imagina că am şi început să-i ciugulesc din palmă. Şi poate că ar fi făcut o excepţie cu mine şi m-ar fi primit şi în patul lui, generos.

Se apropie totuşi să mă sărute pe obraji, să ne despărţim regulamentar. Şi, în timp ce dă să mă sărute pe al doilea obraz, îi iau capul în mâini şi-i sărut apăsat buzele. Apoi îi dau înapoi cartea de vizită prin aceeaşi metodă, înghesuindu-i cartonul deja mototolit în palma-i transpirată. Şi în loc de adio, îi mai spun:

– Dragă O, care dintre noi are acum o problemă?

***

O s-a comportat ciudat acum o săptămână. Ne-am întâlnit iar la o petrecere și, deși niciunul nu venise singur, toată seara s-a învârtit în jurul meu. Citeam în ochii femeii semiabandonate o ură profundă, deși era vizibil că îl evit. Repet, nu venisem singură acolo, așa că nu a beneficiat nici măcar de-o privire, nici măcar de-un zâmbet. Cumva, coborâse de pe piedestal și acum rătăcea în jurul unei femei pe care, de fapt, nu o cunoștea deloc. Și cred că asta îl intriga, având în vedere că toate femeile ce roiau în jurul lui, fiindu-i paciente, nu reprezentau vreo urmă de mister pentru el. Mai puțin eu. Poate că ultima dată nu am fost corectă cu el, dar nu văd de ce aș fi fost, sinceră să fiu, nu-i datorez nimic. Nu am de ce să zâmbesc fals, să răspund amabil și să dau semne că l-aș dori. Îmi pare rău dacă i-am stricat părerea pe care o are despre sine, îmi pare rău că, deși psiholog, cade în capcane pe care și le întinde singur.

Probabil că a rămas cu impresia că ultima noastră întâlnire ar fi trebuit să aibă o continuare. Nimic mai fals. Și totuși insistă, dar fără să mai reușească să vorbim față în față, singuri.

A doua zi, mă sună. Nu mi-e greu să-mi imaginez de unde are numărul meu de telefon, dar nu-mi fac griji, îl ascult amabilă, poate chiar are ceva de spus. Simt că-și făcuse o strategie pe care o abandonează încă de la primele cuvinte. După acolade și serpentine ale discursului, după floricele și ocolișuri plictisitoare, ajunge, în sfârșit, la destinație și-mi propune să-l însoțesc la Ateneu. Are senzația că mă impresionează dacă, în loc să mă invite în oraș la o banală „cafea”, mă duce la un concert de muzică clasică.

Nu mă impresionează absolut nimic din ceea ce un bărbat face demonstrativ.

Nu accept. Coincidență sau nu, dar exact în aceeași zi, am bilete la un eveniment similar. În alt oraș. Îi menționez în treacăt. Discuția are un final deschis.

Am considerat, însă, că lucrurile se opresc aici. Dar...

***

Aseară, a avut loc evenimentul despre care îi spusesem. Numai 600 de kilometri distanță între cele două orașe. De data asta, am fost singură. Lume multă, amestecată, inclusiv o serie de cunoștințe despre care nu aveam idee că vor fi invitate și ele. La cocktailul care urmează, conversațiile se leagă rapid, subiectele comune de discuție sunt ușor de găsit. Mă simt în largul meu între străini, este un prilej minunat de a mă recompune.

La un moment dat, în mulțime, zăresc în treacăt o pereche de ochi cunoscuți. Nu îi asociez cu niciun nume. Probabil, o altă cunoștință. Din nou, nu insist. Mă retrag într-un colț, continuând o discuție recent începută cu unul dintre artiști. Un bărbat frumos, extrem de timid, cu mâini de pianist. O discuție neutră, dar care mă prinde cu farmecul ei inefabil. Poate de aceea am și observat târziu că perechea de ochi de adineauri se află extrem de aproape. Simt că sunt privită, întorc capul și exact în acea secundă, O – da, căci el era! – își ferește privirea, apucă hotărât mâna unei femei și i-o sărută smucit, cu gesturi largi, teatrale, mulțumit că l-am văzut.

Mă întorc la discuția mea ca și când nu s-ar fi întâmplat nimic, dar nu pot să nu mă gândesc la O și la gestul lui de a veni după mine, câteva sute de kilometri, doar ca să-l văd că este cu o femeie. Cu altă femeie. Atât. Nu se apropie să intre în discuție, nu mă mai urmărește, nimic. Doar atât, să-l văd. Să înțeleg că el are o viață dincolo de refuzul meu. Deși, dacă ar fi fost într-adevăr așa, el și acea femeie s-ar fi aflat atunci la Ateneu, și nu la câțiva metri de mine.

Inevitabil, asta mă determină să nu fiu sigură: s-a îndrăgostit sau doar a făcut o obsesie pentru femeia căreia nu-i tremură dedesubturile când îl vede? Greu de spus...

Plec singură și știu că m-a văzut. Îl las să-și savureze aparenta victorie. În mașină, mă așteaptă bărbatul cu mâini de pianist.

Mergem către un bar retras. Fusese o seară agitată și cea mai bună încheiere pentru ea ar fi fost o conversație spumoasă pe ritmuri de jazz, mult vin roșu și o noapte încinsă. Noua mea cunoștință lăsase deja licoarea pasiunii să-i circule liber prin vene și vedeam cum se dezmorțește, cum cuvintele capătă avânt și curaj, strecurându-mi-se printre bătăile inimii mai iscusit chiar decât neastâmpăratele sale superbe mâini a căror atingere mă arde pe piele. Ne așezasem la cea mai discretă masă, greu de observat din ușa barului, dar cu o priveliște perfectă asupra întregului local.

Eram deja la a doua sticlă de vin și mai lipiți ca niciodată. Glumele lui nu mai aveau acum perdea, dar reușea să le mențină, în echilibru, în afara vulgarității, șoptindu-mi-le suav la ureche, în timp ce ne hlizeam și ne exploram reciproc. Deși nu mă interesa nimic din jurul meu, căci era o seară plăcută care ar fi putut duce undeva – sau nu –, nu conta, nu pierdusem legătura cu realitatea. Un al nu știu câtelea simț veghea treaz, urmărind plictisitorul du-te-vino al ultimilor clienți. Așa se face că am văzut și când ușa s-a deschis nu pentru a permite celor dinăuntru să-și găsească drumul spre casă sau spre următorul loc de distracție, ci pentru a primi un cuplu întârziat. Mi-au atras atenția pentru că s-au oprit în prag, au ezitat puțin, dar, tentați de atmosfera ademenitoare, au intrat, pășind în singurul con de lumină.

Nu știu de ce nu am tresărit, deși nu mă așteptam, atunci când am recunoscut în persoana celor doi pe O și pe însoțitoarea sa. Știam că nu m-a observat și mai știam că aceasta nu era decât o întâmplare al cărei sens, momentan, îmi scăpa – căci sigur avea unul, ținând seama că eu, în coincidențe, bla, bla...

M-am desprins din hlizeala adolescentină, m-am recompus și mi-am aprins o țigară. Bărbatul din fața mea s-a panicat. Nu era un loc unde se putea fuma, însă fereastra deschisă chiar în spatele nostru salva perfect aparențele. Mi-a făcut semn s-o sting, i-am explicat scurt că nu o voi face și am continuat să fumez, gândindu-mă la ce aveam de făcut. În timpul ăsta, el gesticula, luptându-se cu fumul și insistând tot mai enervant să sting țigara. Probabil că, dacă ar fi putut să-mi zărească privirea în întuneric, ar fi înghețat, speriat de riscul de a se tăia în ea. Însă el continua să se agite pueril, împrăștiind cu mișcări dezorganizate nu fumul de la țigara mea, ci farmecul ce se țesuse în ultimele ore între noi.

Fără să știe, de data asta, O reușise ceea ce se străduise mai devreme întreaga seară. Mi-am chemat un taxi, sub un pretext oarecare, lăsând frumoasele mâini de pianist să zacă inutile și nedumerite pe locul unde, cu puțin timp în urmă, țesuseră iluzii senzuale.

Trecând pe lângă masa lui O, l-am salutat înclinând vag din cap, atât cât să se întrebe dacă nu cumva doar i s-a părut. A tresărit dezordonat, răsturnându-și paharul și sărind în picioare în urma mea. Nu știu dacă a și zis ceva, pentru că eu deja ieșeam.

Îmi sosise taxiul.

***

A doua zi, în holul hotelului, mă aștepta O. Singur.

Am coborât târziu, după ce am expediat bagajele prin curier. Nu-mi place să călătoresc împovărată de valize, mai ales când o fac neînsoțită. Pentru mine, fiecare călătorie este o promisiune pe care nu o poți gusta dacă atenția este răpită de detalii nesemnificative, precum numărul de genți ce mă însoțesc și care trebuie să rămână constant.

Nu m-a surprins să-l găsesc acolo, dar nici nu mi-a făcut plăcere prezența lui aproape umilă. Departe de spațiul pe care și l-a marcat, precum un patruped, cu feromonii lui de psiholog al femeilor suferinde în relații ratate, curtat, adulat, pichetat, O nu era decât un bărbat oarecare, ce începea să dezvolte ceva ce nici el nu cred că-și explica (autoanaliza fiind un capitol la care O este repetent) pentru una dintre femeile ce nu-i dăduse tainul de amor necondiționat, știrbindu-i cu asta din drepturile pe care și le arogase fără jenă.

Tresare ușor când mă vede și așteaptă cuminte să rezolv formalitățile de la recepție. Mă salută ceremonios și mă invită la un *brunch*. Din păcate, nu e timp, trenul meu pleacă în mai puțin de două ore. Accept să mă însoțească la gară. Chemăm un taxi și, pe drum, cu o serie de telefoane, face imposibilul și-și rezervă un bilet în același tren cu mine. Zâmbesc iar și nu-mi pasă ce crede O, căci, în realitate, o fac la amintirea destul de recentă a ultimului zbor și a întâmplării cu frumosul necunoscut.

O mă vede și parcă înflorește. Vizibil satisfăcut de reușita sa, cu speranța vie că această rapidă și precisă schimbare de planuri m-a impresionat, se întoarce zâmbindu-mi, la rândul lui, larg, cu toate cele câteva mii de euro investite într-o dentiție à la Hollywood, și-mi spune:

– Așa vom avea timp să mâncăm undeva pe lângă gară, Anays. Mă bucur tare mult că vom călători împreună. Ce să zic... nu am mai făcut niciodată asta... adică... pentru o femeie. Înțelegi tu, niciodată nu m-am comportat așa, niciodată nu am simțit că trebuie să mă deranjez... nu, nu ăsta e cuvântul cel mai bun... înțelegi, nu-i așa?, se bâlbâie el credibil, privindu-mă în ochi și căutându-mi mâna.

– Nu.

– Cum adică?

E vizibil bulversat de răspunsul meu tăios.

– Ce nu înțelegi?

– De ce ai venit?, schimb eu subiectul, răspunzând nepoliticos printr-o întrebare sau poate că nu-l schimb, ci doar încerc să răsucesc puțin cuțitul în rană, cu gândul la femeile pe care el le tratează așa cum o fac eu acum sau chiar mai rău. Nu mă erijez în răzbunătoarea supremă, dar dacă omul o caută cu lumânarea, de ce să nu ne distrăm puțin?

– Aş vrea să te cunosc mai bine... cumva... mă fascinezi. Și nu, nu, nu din punct de vedere profesional. Nu te mai chem la cabinet, iartă-mă, am fost complet neinspirat... vreau să te cunosc în plan... personal. De aceea te invitasem la Ateneu, de aceea...

– De aceea ai venit după mine, însoţit de o altă femeie. Ce s-a întâmplat cu ea?

– Nimic, nimic... nu era ce crezi, doar o prietenă, nu contează... o prostie naivă din partea mea, ce să zic. În preajma ta îmi pierd puţin... stăpânirea de sine.

Își face curaj și-mi prinde mâna, delicat.

– Te rog, nu mă alunga. Acordă-mi o șansă. Haide să ieșim într-o seară săptămâna asta, când poţi tu...

Mi-am retras mâna la fel de delicat precum fusese atingerea lui. Apropierea unui bărbat pentru care însemni ceva are întotdeauna o căldură aparte, surprinzătoare, sensibilă și, în același timp, incitantă... Îmi aduce cumva aminte de R și de toată acea poveste care, deși nu am motive să fiu mândră, îmi atinge uneori coarda nostalgiei.

Am profitat de faptul că ajunsesem în faţa gării, așa că nu i-am răspuns.

Am avut timp de o cafea. O, tot mai surescitat de iminenta călătorie împreună, îmi explica și cum avea de gând în tren să facă schimb de locuri cu unul dintre vecinii mei de călătorie ca să putem astfel sta unul lângă altul.

Nu i-am spus nimic, i-am zâmbit însă larg, căci un gând diabolic îmi încolțise chiar atunci în minte. În fond, dacă a mers o dată cu un bărbat complet necunoscut, de ce nu ar funcționa încă o dată cu un bărbat semicunoscut?

Și de data asta, am așteptat să se urce toată lumea și apoi ne-am urcat și noi, evitând astfel disperarea cu care mulți dintre călători se zbat să fie primii în orice fel de mijloc de transport. De parcă astfel ar ajunge mai repede la destinație.

În tren, forfota specifică înainte de plecare. O deja ochise locul meu și începuse tratativele cu o femeie drăguță, mititică și negricioasă, vizibil nemulțumită de solicitare și care s-a lăsat cu greu convinsă să schimbe locul, mai ales că deja se instalase. Galant, a ajutat-o să-și ducă bagajul de mână la locul lui, a instalat-o iar, i-a mulțumit sărutându-i protocolar mâna și, din câte îl cunosc, cu siguranță i-a strecurat în palmă și cartea lui de vizită. Femeia călătorea singură, foarte probabil să aibă nevoie de un psiholog în viața ei…

Întors la bancheta noastră, m-a găsit tot în picioare. L-am așteptat să vină, i-am făcut semn să se așeze la fereastră, urmând ca eu să stau la mijloc - nu mă deranja, mai ales că pe cel de-al treilea loc se așezase un tânăr cu căștile în urechi, absent la lumea din jur.

Mă aplec spre O, cumva peste tânărul care, dintr-odată, era mai mult decât prezent, și-i șoptesc familiar la ureche:

– Dragule, mă duc să-mi „pudrez nasul” și vin imediat. Să nu pleci nicăieri, da?

– Acum? Nu se poate, imediat plecăm. E urgent?

O începuse să se agite inutil. Preluase din oficiu rolul de partener, jucându-l cu o seriozitate exagerată.

– Acum! Vin într-o secundă, și-mi apropii scurt buzele de obrazul lui.

Se pare că înțelege, dar tot e preocupat. Îi cer scuze zâmbind tânărului pentru deranj – scuze primite cu bucurie! – și mă retrag ușor. Dar… nu mă opresc la toaletă, ci mă îndrept spre ușa pe care un angajat se pregătea s-o închidă. Cobor rapid scara trenului și ecoul tocurilor pe caldarâmul peronului mă însoțește sprințar. Dacă trenul ar fi avut compartimentele pe partea cu peronul, aș fi putut să-i fac cu mâna lui O, poate să-i flutur și o batistă și, de ce nu, o lacrimă. Ce să mai, aș fi putut să-i ofer un spectacol complet de adio, tocmai când trenul se punea în mișcare. Dar nu a fost să fie...

„Drum bun, O”, îmi zic râzând, mă gândesc că nu ar trebui să fie chiar așa de supărat, în fond, nu e singurul bărbat care crede că va călători împreună cu mine, și mă îndrept spre ghișee să văd când am următorul tren. Eu nu mă grăbesc aproape niciodată, chiar dacă viața e prea scurtă pentru a pierde timpul. Însă eu nu-l pierd, ci-l savurez. În plus, poate așa pricepe domnul psiholog că seducția nu are nimic de-a face cu asediul și hărțuirea.

***

La ceva timp după toate acestea, mă sună prietena mea și-mi ciripește veselă la telefon:

– M-am culcat cu O, îți vine să crezi? Cred că avem un fel de… relație acum.

– Una e să te culci cu un bărbat și alta este să ai o relație cu el. Relație, nu aventură, da?

– Pff… nu știu ce să zic. Aventură, atunci... Dar alta e problema. Am fost… dezamăgită. Dar e de bine… Cum să-ți spun… am fost dezamăgită de cum au decurs lucrurile, mă înțelegi, nu că aș fi avut cine știe ce așteptări… mai degrabă, am avut aşteptări de la cum o să mă simt eu în compania lui și m-am cam păcălit, dar e mai bine așa… E de foarte bine, pentru că astfel am scăpat de obsesia pe care o aveam pentru el – că acum mi-e foarte clar, făcusem o obsesie și nimic mai mult… Și nu știu cum se face, dar să știi că am renunțat să-l mai plătesc. Adică, să mă duc la cabinet. În fine, s-au întâmplat multe de când nu am vorbit, cum s-ar zice. A, și altceva: s-a autoinvitat cu noi la teatru sâmbătă și nu am știut cum să-l refuz… Sper că nu te superi…

– Nu știi nimic, nu?, întreb eu mai degrabă curioasă.

– Ce să știu?

– Nu ți-a spus nimic O de... noi?

– Voi? Hmm... nu, ce să-mi spună? Care „voi”? S-a întâmplat ceva? Nu mi-a spus nimic...

– Păi chiar nu e nimic...

Și-i povestesc prietenei mele toată tărășenia de acum nicio lună. Cum l-am lăsat singur în tren. De atunci, oricum, nu am mai vorbit, nu m-a mai căutat. Credeam că se potolise, când colo, el ataca prin „învăluire”. Penibilă situație.

– Mă simt folosită... oare totul nu a fost decât o manevră pentru a ajunge la tine, Anays? Cât de josnic poate fi? Cât de mult se poate umili un bărbat doar ca să se facă văzut de o femeie al cărei interes nu-l stârnește nicicum? Și dacă m-aș fi îndrăgostit pe bune de el? Ce s-ar fi ales acum de mine? Ce nemernic...

– Îmi pare rău...

– Nu e vina ta... Și acum, ce facem?

– Ia-l cu tine sâmbătă!

Încă o situație în care O insistă să se facă de râs. De data asta, de față cu prietenii mei. Nu am ce să-i fac, este alegerea lui.

***

La teatru, ne întâlnim cu toții în foaier. În afară de O, restul ne știm între noi de mult. Eu sunt între relații și nu am venit însoțită, dar asta nu e niciodată vreo problemă pentru nimeni.

O joacă tare. Se simte că indiferența lui politicoasă este făcută, nu naturală. Se comportă ca și cum nu ar fi existat paranteza din afara orașului, ca și cum nu ar fi fost deja îngenuncheat de câteva ori, ca și când amintirile i-ar fi fost șterse de o binecuvântată amnezie. Cu atât mai bine.

În sală însă, reușim să încurcăm locurile și facem oarece deranj, spre deliciul celorlalți spectatori, cu excepția unui cuplu foarte înfipt care aruncă priviri disprețuitoare și murmură reproșuri. O se găsește mai cu moț să explice situația, ocolind însă scuzele. Discuția se prelungește inutil, până la primul gong și stingerea luminilor, așa că se așază fiecare pe unde apucă. Iar O „apucă” lângă mine.

În sală se face liniște deplină, în așteptarea ridicării cortinei. Sunt câteva clipe de nemișcare, respirațiile tuturor par că se opresc, însuși timpul stă într-un picior și se întreabă încotro s-o ia.

Tânjesc după liniște... dacă zgomotul e viața, atunci liniștea este conștientizarea ei.

Și în această pauză a ființării, doar bărbatul de lângă mine tremură… Tremură ușor, căci piciorul meu l-a atins… din greșeală.

Din… greșeală??

Când un bărbat trece prin orice umilință doar ca să ajungă la tine, trebuie să-ți pui obligatoriu întrebarea „De ce o face?”. Și nu te grăbi să sari cu răspunsul, pentru că nu există doar o singură variantă validă. O poate face pentru că s-a îndrăgostit de tine și nu are alternativă, neputând trăi decât respirând aerul pe care tu îl expiri (varianta roz bombon), o poate face pentru că se ambiționează să te bifeze la pat, o poate face pentru că refuzul tău l-a îndârjit atât de mult, încât să te aibă este un scop în sine, urmând ca în secunda doi să te părăsească drept răzbunare pentru tot ce a îndurat ca să ajungă la tine, o poate face pentru că a pus un pariu (cu prietenii, cu viața, nu contează...) și lista rămâne deschisă.

Nu știu de ce o făcea O.

Seara de la teatru a fost însă una de pomină. În timpul primului act, nu am făcut decât să mă joc ușor cu el, ba atingându-l cu piciorul, ba cu brațul, mereu întâmplător, mereu suav, ca o mângâiere mai mult imaginată decât aievea. Mi-era clar că niciunul dintre noi nu urmărea ce se întâmpla pe scenă, prinși fiind de rolurile pe care le jucam împreună în acea seară, într-o piesă nouă și neașteptată. Recunosc că mă distra să-l zgândăr, puțin din răutate, puțin din amuzament, puțin din curiozitate… câte puțin din fiecare. Dar în acest amalgam de senzații, se strecurase însă și un element nou. Hoțește, căci nu l-am depistat încă de la început, dar când O a început să răspundă cu atingeri firave, am înțeles: ceva din această conversație mută a corpurilor noastre îmi plăcea. Mai mult decât adoratele mele conversații din priviri.

Nu mă impresiona că schimbase tactica și până atunci se prefăcuse că nu-l interesez și nici că alesese să se încurce cu o prietenă de-ale mele, în schimb, mă incita noua lui atitudine prin care se dăruia reținut și emoționat, fără aroganța și agresivitatea încercărilor anterioare. Până la pauză, degetele noastre făcuseră dragoste de nenumărate ori, iar tremurul lui de la început mi se transmisese și mie, fără preaviz, fără permisiune.

Bruscă răsturnare de situație! Dacă viața mea ar fi fost un film, aici aș fi auzit cum coloana sonoră o ia la galop pe ritmuri tari, menite să dea bătăi dezordonate de inimă și să inducă neliniște, în așteptarea unui iminent dezastru. Așa, totul se petrece doar în imaginația mea. Și a lui O, nu am nicio îndoială...

Am ieșit în pauză aparent indiferenți, dar ne-am desprins pe nesimțite de grup și ne-am izolat în cel mai îndepărtat loc pentru fumat al foaierului, unde nu ajunseseră decât câțiva spectatori rătăciți.

Am fumat în tăcere, când privindu-ne, când ignorându-ne. Pe când bătea primul gong să ne întoarcem în sala de spectacol, eram deja îmbrățișați. La al doilea, găsisem o garderobă nefolosită… Pe al treilea nu l-am mai auzit, căci deja eram transpuși într-o altă lume… Una al cărei nume începe cu O. De la orgasm…

Uneori, este mai înțelept să te lași dusă de val decât să lupți contra curentului...

Un orgasm căutat încă de la început, dar cu o lentoare demnă de cel mai faimos amant al tuturor timpurilor, demnă de un maestru în ale amorului. Îmi răsuna vag într-un colț de minte dezamăgirea prietenei mele, dar mi-era clar că ea nu avusese parte decât de-o simplă partidă de sex, cel mai probabil de mântuială, în timp ce cu mine, deși drogat de adrenalină – dat fiind faptul că ne aflam într-un loc public și am fi putut fi surprinși oricând – reușea totuși să-și coordoneze mișcările fără grabă, fără greșeală. Probabil că, mai presus de orice, voia să mă impresioneze definitiv, considerând că această primă dată nu va fi și ultima, dar, cu siguranță, va fi decisivă...

A fost o partidă pe care am gustat-o oarecum încordată și asta a condimentat într-un mod neașteptat o banală seară de teatru...

***

O are acum senzația că avem o relație. Da, da, exact asta! După ce s-a întâmplat la teatru, mă consideră iubita lui. Mă caută des, insistă să ieșim, să ne vedem, să petrecem timp împreună și-mi face mici crize de gelozie, considerându-se îndreptățit să pună stăpânire pe timpul meu și pe viața mea. Și asta, desigur, în timp ce se comportă la cabinet ca până acum. Ba chiar cu și mai mult aplomb, căci doar i-a fost restaurată încrederea în forțele proprii și a mai cucerit un pisc pentru care chiar a luptat.

Mulți oameni confundă însă aventura cu relația, exact ce-i spuneam și prietenei mele. De parcă o relație s-ar naște odată cu întâlnirea sexuală. Iar O, cu toată experiența sa personală și profesională, nu face excepție, chiar dacă am făcut sex, ce-i drept, reușit, dar doar o singură dată.

Nu, dragule, o relație se consolidează, trece într-o nouă etapă, evoluează așa, dar în niciun caz nu începe așa.

Deși i-am spus încă de la început că tot ceea ce s-a întâmplat sub impulsul momentului nu reprezintă mai mult decât ceea ce am trăit și simțit împreună, el se încăpățânează să insiste, să extrapoleze, să fabuleze, creând din nou situații cel puțin penibile și insistând să strice și întâlnirea noastră, perfectă la momentul întâmplării sale.

E surprins să vadă o femeie pe care „a avut-o" (ăsta e limbajul, nu?) că se comportă precum un bărbat, astfel încât el se poate considera că ar fi fost cel „posedat", și nu invers. E surprins să constate că o femeie se poate comporta ca el, după ce au făcut sex. Bărbații sunt surprinși de câte ori își zăresc comportamentul în oglindă, la femeia din patul lor. Pentru că o femeie, odată ce te-ai culcat cu ea, e ca și când ai fi înfrânt-o, ca și când ai fi marcat-o ca fiind teritoriu propriu și în niciun caz nu mai are dreptul să se comporte ca înainte de acest moment zero sau – culmea tupeului, nu? – exact ca tine.

Băi, băiatule, bagă-ți mințile în cap, că e spre binele tău…

Nu știu cum ți-ai gestionat tu aventurile până acum, dar țin să te anunț că eu nu sunt gestionabilă. Învață să înțelegi, în primul rând, ce fel de legătură ai cu o femeie, fără să forțezi nota (chiar dacă cu intermitențe, așa cum ai procedat tu cu mine) și ia ca pe o lecție întâlnirea cu cineva complet diferit față de restul suflării feminine, tocmai ca să înveți să respecți sexul frumos. Frumos, nu slab, ai înțeles? Și mă refer aici și la pacientele tale cu care menții o atmosferă ambiguă, deloc demnă atât de un psiholog integru, cât și de un bărbat complet. Dar tu nu prea ești nici una, nici alta...

Dragă O, știi cum era vorba aia? *Neeext!*

***

„Între relații”... de atâtea ori am afirmat asta cu nonșalanță, de parcă m-aș fi aflat între două programări la salon. Pentru mine, „între relații” reprezintă puntea de siguranță ce leagă între ele poveștile vieții mele. Îmi place să cred, așa cum am mai spus, că fiecare dintre aceste relații, cu toate bune sau mai puțin bune ale lor, m-a învățat despre mine, ca femeie care se transformă în fiecare moment al vieții sale. Ca femeie care azi nu mai e ca ieri și care, nu de puține ori, se contrazice, inclusiv în cadrul aceleiași conversații, fără ca prin asta să-și piardă consistența și coerența...

***

Până de curând, nu aveam o țintă fixă, în afară de aceea de a mă cunoaște, de a mă iubi și de a trăi viața fără amânări sau ezitări, fără jene inventate și fără mustrări de conștiință create de limitările celor din jur. Acum, însă, mai vreau ceva de la viață. Mai vreau să trăiesc o experiență pentru care, sincer, nu cred că ar putea să existe un moment în care să afirmi cu mâna pe inimă că ești „pregătită" și, tocmai pentru că nu sunt, mi-o doresc. Mă refer, da, la căsnicie. Cu toate riscurile, cu toate dezastrele, cu toate chinurile, suferințele și sacrificiile pe care aceasta, în proporție mai mare sau mai mică, le presupune obligatoriu. Dar aș fi mai săracă fără să fi trăit toate acestea. Și nu vreau să fie doar de paradă, că altfel aș fi fost de nenumărate ori măritată până acum. Nu. Vreau să simt. Vreau să știu eu sigur, în forul meu interior, chiar dacă nu va fi o simțire fără termen de expirare, dar vreau s-o experimentez cumplit de sincer, că acela este bărbatul cu care mă imaginez punându-mi jugul de gât.

***

Mulți mă consideră... curvă. Citindu-mi confesiunile, au senzația că mă cunosc și că au dreptul să-mi poată cataloga și judeca viața cum le place. De fapt, nu este vorba decât de o reflexie a propriilor vieți, a propriilor meschinării și mizerii pe care astfel le evacuează „în siguranță”, fără să le atingă conștiința, căci nu fac altceva decât să le condamne, imaginându-și că le văd în ceilalți, indiferent dacă aceștia împărtășesc sau nu aceleași tare. Nici nu contează... Important este că au găsit spre cine arăta cu degetul. Un fel de țap ispășitor fără nicio legătură cu ei, dar tocmai bun de a le duce în cârcă putreziciunile...

Nu-mi amintesc să vă fi căutat, la rândul meu, în chiloți pentru a vă diseca și a vă judeca înapoi. Nu am nevoie să vă chiuretez eu conștiința, nu am ce descărca în capul vostru și nici timp de pierdut cu firimiturile voastre. Curios este că, în schimb, voi aveți. Berechet. De unde?

Dar poate că din toată vărsătura asta a oamenilor „fără pată” se desprinde și o întrebare de bun-simț. Poate o femeie ca mine să devină soție? Să vrea nu doar să se căsătorească, ci să și lupte și să construiască, în fiecare zi, tot ceea ce presupune viața în doi sub acoperișul căsniciei? Răspunsul este evident, el nu ține de trecut (da, Eva?), ci de prezent. De cine ești în fiecare clipă a căsniciei, și nu de cine ai fost până atunci. De ceea ce faci cu ultima ta versiune disponibilă. Doar atât.

***

J își trimite asistentul să mă ia cu mașina. El nu poate veni, dar are încredere deplină în bărbatul blond și tăcut, cu privire fixă. Mi-e antipatic. Mă salută murmurând ceva și-mi deschide portiera. Nu e cazul să-l fac să se simtă prost, alegând să stau pe bancheta din spate. Deja e oarecum incomodat, știind că trebuie să-mi fie șofer și bodyguard. Așa că mă așez în dreapta lui.

Îmi pun centura și încep să privesc absentă pe fereastră.

Tac.

Și el tace, privind atent la drum. Exagerat de atent. Se aud doar muzica de la radio și motorul mașinii. Și tensiunea dintre noi, care începe să se dospească nestingherită.

El schimbă vitezele concentrat, iar mâna lui face curse dese, prea aproape de mâna mea. Nu mă mișc, iar el nu deviază de la traiectoria standard a unui șofer care conduce și nimic mai mult.

Și totuși… e cu mult mai mult.

Am făcut deja câteva zeci de kilometri. În continuare, tăcere. Siguranța îi este subminată de un vag tremur al buzei de jos. Se abține să nu-mi arunce cu coada ochiului o privire, în timp ce eu nu mă feresc. Cumva, începe să-mi fie tot mai puțin antipatic…

E ciudat să călătorești cu cineva atâta drum fără să schimbi un cuvânt. Dar mie nu-mi plac discuțiile de complezență, așa că, dacă nu am nimic de spus, prefer să tac decât să emit vorbe înșirate pe ață, precum mărgelele ieftine. Și, cu atât mai mult, nu suport să le ascult. Să fiu nevoită să mă prefac că particip la o astfel de conversație nu doar în calitate de emițător de mesaje, ci și de receptor mi se pare o tortură crudă și rafinată, în același timp. Dar nu, mulțumesc!

Pe bărbatul ce respiră atât de aproape de mine, de parcă am fi într-un pat pe roți, căci dacă întind mâna, fără efort, îl pot atinge oriunde, îl știu din vedere, cumva mereu în umbra lui J. Nu e genul de om bun la toate, însă știu că J se bazează pe el, oferindu-i multă încredere. Eu nu sunt de aceeași părere. Ceva îmi spune că bărbatul aparent împietrit ascunde și altceva în afară de loialitate.

Mai avem o jumătate de oră și ajungem. Mă sună J să mă întrebe ce fac, cum mă simt, cum a fost călătoria, cât mai avem până la destinație etc. Mă indispune faptul că nu pot avea o convorbire privată. În plus, începuse să-mi placă tăcerea anulată pe nedrept acum de sunetul telefonului. Nu răspund.

Imediat, îi sună lui telefonul. Știu că e tot J, îngrijorat că nu i-am răspuns. Îmi dau seama că i-ar fi plăcut și lui să facă același joc, îmi dau seama că e prins de tăcerea noastră cu accente ușor vinovate, dar nu are de ales. Răspunde corect. E calm și firesc și asta mă surprinde oarecum. Îmi întinde telefonul fără cuvinte. Îi spun lui J, scurt:

– Te sun eu, și închid, apoi îi fac semn să oprească în parcarea pe lângă care tocmai se întâmplă să trecem.

O pauză e bine-venită, acum, că echilibrul firav al comuniunii pe care, inconștient, începusem s-o construim a fost distrus.

Cobor, respir şi-l sun pe J. Mă retrag, în timp ce vorbesc. Îl las în maşină. Dar îl găsesc lângă ea, pregătit să-mi deschidă portiera. Fără cuvinte, trec pe lângă el şi aştept. Nu face niciun gest, aşa că întind mâna să mi-o deschid singură. Însă pune brusc şi cu tupeu mâna pe mâna mea şi, tot fără cuvinte, mă trage spre el fără preaviz şi mă sărută apăsat, cu gesturi complet necontrolate.

Mă desprind din îmbrăţişarea lui, exact când începusem să simt obrăznicia erecţiei sale atingându-mi coapsa.

Ştiu că tensiunea dintre noi trebuia să se consume cumva, ca să nu explodeze. Gestul lui aparent insolent a fost mai mult unul de rezolvare, pe scurtătură, a unei situaţii care ameninţa să se transforme într-un monstru. Cu acest sărut, am consumat curiozitatea şi aţâţarea. Desigur, am deschis nenumărate drumuri şi posibilităţi pe care am grijă să le castrez din start. Îi spun un singur cuvânt:

– Nu!

Apoi îmi deschid singură portiera şi mă urc în maşină liniştită. Atât cât de liniştită poate fi o femeie într-o situaţie aflată la graniţa agresiunii cu plăcerea. Îmi aprind o ţigară, omiţând să-l întreb dacă se fumează sau nu în maşina lui. Nu ştiu la ce se aştepta el. Să facă amor cu iubita şefului, aşa, pur şi simplu, doar pentru că trebuia s-o conducă dintr-un loc în altul şi nimic mai mult. Sau, dimpotrivă, aplicând psihologia inversă, să prevină posibile complicaţii între doi oameni care călătoresc nepermis de aproape şi nepermis de tăcuţi. Atunci când gura nu trăncăne vrute şi nevrute, mintea are timp să sape noi șanțuri, să facă noi conexiuni, să nască noi idei.

Mă lasă câteva minute singură. Stă să se „răcorească”, sunt sigură, înainte de a ne relua drumul. Și, probabil, încearcă să evalueze rapid gravitatea situației în care tocmai s-a băgat. Sau din care tocmai a ieșit, depinde cum vrei să privești lucrurile... Poate își face probleme inclusiv în legătură cu siguranța jobului său sau poate, pur și simplu, se chinuie să-și revină, fără atâtea frământări și preocupări.

Nu am de gând să-i fac probleme, a fost numai o încurcătură, să-i zic așa, sau nici măcar atât. Prea mult zgomot pentru nimic.

Revine în mașină vizibil tulburat. Îmi dau seama că este fâstâcit – și asta-mi topește orice urmă de antipatie – și că nu știe ce să facă cu mâinile, cu întreg corpul, cu privirea care se plimbă alandala pe obiectele din jur, evitându-mă în mod evident.

Ezită.

Demarează în trombă. Pe măsură ce trec secundele, se concentrează la drum pentru a-și regăsi stăpânirea de sine.

Un bărbat nesigur pe el este doar un băiat.

Zâmbesc.

Continuăm în tăcere. Însă acum este o tăcere diferită, stânjenitoare pentru el, dar tot mai haioasă pentru mine. Oricum, eliberată de tensiune, exact cum prevăzusem.

La destinație, oprește regulamentar, coboară și-mi deschide portiera, roșind iar. Cobor și, în loc de orice altceva, îl privesc de aproape, cu căldură și îi spun doar atât, salvându-l:

– Nu acum...

Îl las năuc, cu mâna încă lipită de portiera mașinii. Simt că i-a venit inima la loc, doar pentru a i-o lua, instantaneu, din nou razna...

***

Oare cum îl chema pe asistentul lui J? Azi mi-am adus aminte de el. După drumul acela atât de puțin plictisitor, nu am mai interacționat. Ce a fost între mine și J s-a stins ca un foc mocnit și fiecare a ales, la un moment dat, altceva. Fără supărare, fără regret. Igienic. Cum îmi place mie. Ca mai mereu, de altfel...

Nu, nu-i mai știu numele și probabil că nici nu contează. Nici nu aș ști de unde să-l iau, căci și-a dat demisia la un moment dat, atât de discret, că eu am aflat târziu și întâmplător. Mi-am adus aminte doar că i-am făcut un fel de promisiune și acum mă întreb cum ar fi dacă mi-aș putea-o respecta... Deocamdată, doar mă întreb...

***

L-am ascultat azi din nou. Ne cunoaștem de ceva timp, dar niciodată nu am avut ocazia să stăm de vorbă. Doar noi doi. Intim. Sincer. Să avem o discuție menită să creeze o cale între noi. Dar, de când l-am descoperit, chiar înainte de a ne intersecta, mi-a plăcut, nefiresc de mult, să-l ascult. Nu merg la concerte și nu-i urmăresc clipurile, pentru că nu vreau să-l văd în timp ce cântă, căci imaginea lui mi-ar putea răpi concentrarea asupra sunetului. Iar eu sunt îndrăgostită de glasul lui, de acordurile cu care alt artist nu ar ști ce să facă, de nuanțele despre care alt bărbat ar jura că nici măcar nu există. Îmi place să mă centrez doar pe muzică, să abandonez desfătarea cu care privirea mea știu că l-ar mângâia lacomă, căci numai astfel pot să-l simt – paradoxal! – complet. Prin simțul auzului... și asta pentru că, atunci când cântă, este numai al meu.

L-am ascultat din nou azi și, în timp ce mă lăsam pătrunsă de ritm, ca și când aș fi făcut dragoste cu tot universul lui de note muzicale, exaltându-mă... m-am decis! I-am trimis un sms scurt, în care i-am scris exact așa: *„Când te ascult, ești numai al meu”*. L-am semnat, deși am ezitat... În fond, nu făcusem altceva decât să reacționez în urma unui impuls de moment ce ascundea, de fapt, un clocot mai vechi. Nu mă interesa dacă avea să îmi răspundă, dacă avea de gând să intre pe ușa pe care i-am deschis-o atât de brusc și de neașteptat. Mă interesa doar să știu că mi-a citit mesajul. Să știu că gândul meu l-a ajuns și i s-a înfipt, prin ochi, în creier.

Un bărbat este fericit atunci când o femeie îi face avansuri, indiferent de ceea ce simte el față de acea femeie.

Căci important este că se află în centrul atenției unei femei, iar asta îi alimentează sălbatic orgoliul, însăși baza masculinității sale.

L-a citit. Nu mi-a răspuns imediat, ci peste câteva ore, ceea ce m-a făcut să cred că a așteptat momentul potrivit sau că și-a căutat mult cuvintele. Pe de o parte, aș fi preferat să nu o facă... să lase nebunia mea să se scurgă într-o supă a tuturor virtualităților, acolo unde totul ar fi fost posibil, de acolo de unde fur eu sevă pentru imaginație. Căci odată cu răspunsul său coborât brutal în concret, totul nu poate decât să se reducă la o singură variantă – cea devenită reală. Cea care, pe măsură ce se desfășoară, poate fi schimbată tot mai puțin și trebuie acceptată așa cum se întâmplă...

Mi-a răspuns și el, scurt, adaptându-se jocului inițiat de mine: *„Sunt”*.

Deci a ales să intre...

Aparent, mingea era în terenul meu, însă, în realitate, nu simțeam deloc așa. Nu simțeam nevoia să mai fac vreun pas, și asta în timp ce ascultam, repetată la infinit, aceeași melodie de dragoste, una mai puțin cunoscută, lansată chiar la începutul carierei sale, dar care îmi transmitea un mesaj atât de puternic, atât de clar, atât de lizibil pentru simțămintele mele, de parcă ar fi fost compusă cu gândul la mine, la corpul meu și la gândurile mele nu tocmai pioase...

Și în timp ce reciteam acel unic cuvânt tastat pe telefon, îi auzeam vocea și mă hrăneam cu iluzia unei întâmplări pe care nu-mi dădusem până atunci seama că o doream atât de mult.

Nu i-am scris nimic înapoi și nici el nu a mai revenit cu vreun mesaj.

Dar peste câteva zile, am primit acasă, prin curier, o invitație la următorul lui spectacol, într-o lojă de obicei rezervată pentru presă sau pentru alți invitați mai cu moț. Așa cum mă așteptam, nu am găsit nicio notă, niciun bilet, nimic... Recunosc că am stat în cumpănă... nu aș fi vrut să rup „tradiția" lipsei mele de la toate concertele lui, dar nici să nu mă duc nu mi-ar fi convenit. Vedeam în gestul lui o invitație la intimitate, la ludic și la orice ar putea urma, acel orice concret pe care, cum spuneam, parcă nu l-aș fi vrut rupt din suculenta lui virtualitate.

...așadar, nu am rezistat ispitei și m-am dus.

Femeilor, dacă știi cum să le ispitești, le-ai câștigat atenția. Sau, cu alte cuvinte, ai câștigat dreptul să le arăți că, dincolo de ispită, se află ceva cu mult mai valoros. Dacă știi să faci asta, indiferent de cum vor evolua lucrurile până la sfârșit, vei avea parte de un mic rai. Dacă nu, de gustul amar al celeilalte jumătăți de măr din care Eva nu a mușcat și care a putrezit așa, neatins de dorința feminină – căci ispita nu a fost suficientă cât să și-l dorească tot –, și ar fi păcat, nu? Păcat de pasiunea și de proiecțiile pe care le-ai investit în... ispită!

Ispita mea în cuvinte puține și gesturi măsurate a fost însă suficient de vârtoasă încât să mă aducă în prim-plan, în sala de concert. Loja se afla extrem de aproape de scenă și asta a sporit intensitatea fiorului cu care am pășit în ea. Era întunecată și goală, precum bănuiam că mă vrea el, precum îmi simțeam eu mintea în acele momente... Goală de gânduri, de precauții, de luciditate...

Nu știu ce s-a întâmplat pe scenă. M-a descoperit imediat și, de câte ori a putut, a menținut, de la acea distanță ce-mi părea nu mai mare de un braț, contactul vizual. Puterea de atracție a privirii sale a fost, până la urmă, spre regretul meu și nedumerirea mea, mai profundă decât cea a muzicii sale. Pe un fond de zgomote ușor de ignorat – percepția mea se juca de-a v-ați ascunselea –, vocea lui nu cânta în concert, ci-mi făcea indecente și intime declarații de dragoste, în mijlocul unei mulțimi ce nu înțelegea nimic, oarbă la adevăratul spectacol, cel care conta până la urmă, cel în doi, care avea loc chiar atunci, suprapus celui public...

...și în timp ce ochii noștri nu se mai săturau să se desfrâbăleze unii în reflexia celorlalți, să-și spună atât de multe nespuse, un gând ticălos a reușit să iasă din închisoarea ad-hoc în care încuiasem mintea și să preia, ilegal, din importanța inimii jucăușe... nu, nu era gândul că el, bărbatul, nu artistul, este căsătorit de ani buni și nici gândul că o relație clandestină ar fi venit la pachet cu aspecte de care nu că mi-ar păsa neapărat, dar care încep să mi se pară agasante, ci era un gând cu mult mai subtil și mai pervers...

„În cât timp va deveni și el un... fost?" și câți s-au adunat în acel „club al foștilor" de a cărui existență nu am avut până atunci chef să iau cunoștință? Știam eu de ce aș fi preferat să nu-mi fi răspuns la mesaj... Și în clipa aceea, cortina s-a lăsat. Nu peste artist, ci peste spectacolul nostru. M-am ridicat înainte de pauză și am părăsit sala cu senzația că am salvat poate cea mai frumoasă conexiune din viața mea... Trebuia să-mi fi ascultat intuiția chiar din primul moment, trebuia să nu fi cedat tentației, deși nu era lipsită de lipici...

Nu mai conta acum... am plecat pe jos, nu spre casă, ci spre o destinație necunoscută, într-o plimbare nepotrivită cu ținuta mea, dar absolut necesară procesului interior la care eu nu eram invitată, așa că priveam din stradă, printre gratii. Așadar... un club al „foștilor"... ce idee tâmpită! Un club imaginar în care să adun toate acele nume și trupuri de bărbați (poate și suflete, să nu fiu chiar zgripțuroaică inventariind), ca într-un galantar de alimentară, expuși execuției mele tardive. *„Și ce s-a ales de voi?", „Ce ați ales să păstrați din relația noastră?", „Sunteți fericiți?",*

„Sunteți mai fericiți fără mine?”, „Femeia pe care o aveți lângă voi acum este cea definitivă sau doar pasageră?” și supremele întrebări *„Ce am fost eu pentru fiecare în parte? Ce am însemnat și ce urme am lăsat pe acolo pe unde am trecut?”.*

„Mai contează?”, am strigat eu din afară, nemulțumită că, de data asta, nu mai sunt vedeta... Se pare că da... că undeva, dincolo de indiferența mea construită de-a lungul ultimilor ani cu atâta dedicație și convingere, exista o fisură, o eroare, o nișă sau nu știu cum s-o numesc, care câștigase pe nesimțite suficientă forță cât să iasă la suprafață și să-mi scuipe în față: *„Da, contează! Contează fiecare bărbat, fiecare aventură, fiecare relație, fiecare partidă de sex, fiecare decizie...”.*

Ok, contează, de acord, dar numai pentru că au participat la devenirea mea, la cine sunt acum și la cine voi fi mâine. Este singura măsură în care contează... Restul? Dar de ce să mă privească, până la urmă, ce s-a ales de fiecare bărbat lăsat în urmă? De ce aș vrea să știu cum au evoluat după mine, din moment ce, despărțindu-ne, este clar că nu au mai avut puterea să aibă vreo semnificație încă de pe atunci, indiferent cum și de ce a avut loc respectiva despărțire? Așa că trecutul e bine să rămână trecut, iar foștilor le stă bine acolo, prinși precum gâzele în insectar, cu acele subțiri ale amintirii și nimic mai mult.

De aceea nu văd nici rostul așa-zisei „prietenii” care s-ar putea iți între mine și unul dintre foști... Pentru?

În primul rând, nu mai avem nimic să ne spunem. Nimic bun! În al doilea rând, nu văd sensul reînvierii frustrării pe care, inevitabil, despărțirea noastră a produs-o. Și nici sensul comparațiilor, între *cum am fost* și *cum suntem,* inevitabile, din păcate... de ce aș compara cu femeia care sunt azi tinerica sau chiar femeia de ieri? De ce aș compara amintirea unei povești cu bărbatul străin în care a evoluat celălalt azi?

Mai mult, detest „indiscrețiile" manifestate sub formă de hemoragie de amintiri, căci un fost partener este, inevitabil, depozitarul unor detalii care trebuie să rămână private, fără tentația de a fi discutate „între prieteni". Care prieteni? Cum pot fi „prieteni" doi oameni care au eșuat în ceva în care, cândva, au pus destul de multe la bătaie? Că acum sunt maturi și cu lecția învățată? Ei, bine, iată un clișeu pe care nici măcar cărțile de dezvoltare personală nu-l mai validează... Cum poți să ții în preajma actualei iubiri un fost? Ca să aibă în ce-și băga nasul din poziția, vezi, Doamne, sigură de „prieten"? Ca să fie la curent cu tot ce faci? De ce ar avea nevoie o femeie care a trecut mai departe de o astfel de piatră de moară legată de mâini și de picioare? Și cu încrederea, cum rămâne? Încrederea făcută praf și pulbere în relația voastră terminată... Este, se știe, obligatorie într-o relație de prietenie... Și pe cât de repede a fost distrusă, pe atât de greu mai poate fi refăcută. Sau, dacă stau bine să mă gândesc, nu mai poate fi refăcută. Niciodată!

Și, la urma urmei, sau, de fapt, în primul rând, nu cred că există prietenie între un bărbat și o femeie fără accente sexuale. Punct. Iar când e vorba de foști, asta seamănă a ciorbă, nu reîncălzită, ci gata stricată... Bleah!

***

Am obosit. În ultimul timp, mi-a tot dat târcoale senzația asta de apăsare continuă cu gust de carton presat. Și nu mă feresc s-o recunosc. Am mai spus-o și o repet... Am obosit!

Sunt și eu om, din carne, oase și nervi. O, da, mai ales din terminații nervoase extrem de sensibile. Uneori, îmi imaginez că nu sunt decât frâie pe care, până la urmă, am învățat să le controlez doar ca să am cu ce să-mi strunesc instinctele... Dar am obosit. Sau, mai bine zis, m-am plictisit de atâta diversitate. Caut altceva. Caut tihna unei după-amiezi de duminică în care să nu se întâmple nimic, în care să nu existe decât liniște, echilibru. Pace. Hulita fericire mic-burgheză. Să fie vârsta? Să fie maturizarea? Să fie o nouă etapă?

Sau numai zile, ca acestea, în care diva mă părăsește, aroganța moțăie și tupeul se joacă în gândurile altcuiva... iar eu rămân despuiată în fața evidenței. Până la urmă, nu sunt decât o femeie ca... tine și ca... tine! Și asta mă salvează de la derizoriu, dar nu de mine însămi...

Uneori, sunt dimineți în care singura rază de soare se găsește doar în credincioasa cană de cafea și accept că nu tot ceea ce construim are valabilitatea pe care i-o oferim noi din start, ci aceea pe care nu încetăm s-o creăm. M-am construit într-o femeie admirată sau hulită, dar toate cad în ziua în care mecanismele se opresc și oboseala se întinde nestingherită, ca o plagă, peste întregul prezent.

Da, cu siguranță, mă îndrept către o nouă etapă. Nu mai bună, nu mai proastă, doar diferită. Pe care o voi flutura lumii cu aceeași mândrie și cu același aplomb dintotdeauna. Căci iubesc, în sfârșit, tot ceea ce sunt și tot ceea ce devin, cu tot cu indispensabilul imprevizibil.

Și, nu, nu este nici vârsta și nici maturizarea, ci, fără îndoială, nevoia legitimă de a trece mai departe.

***

Asta însă nu presupune că mă voi întoarce la femeia care alerga după un bărbat. Căci...

După bărbați nu se aleargă! ...Și nici nu se merge încet. Niciodată.

Când ai alergat ultima dată după un bărbat și totul a decurs ca-n povești? Ca-n acele povești cu „happy end" (mă rog, unul inexistent, de fapt, ci doar imaginat)? Când? Niciodată?? Exact!

Desigur, alergatul după bărbați e una și a alerga după un bărbat anume e alta. Diferență de nuanță. Niciunul dintre cazuri însă nu e de dorit, dar ultimul, mai cu seamă, e grav și trist. Și, credeți-mă, știu despre ce vorbesc.

În primul rând, un bărbat, atunci când vrea o femeie, o găsește și pe fața ascunsă a Lunii și nu amână nicio secundă să-i fie în preajmă. Nu inventează pretexte pentru a o evita și nu o pune la coada (sau în afara) listei sale de priorități. Și nici nu consideră că oricare altă activitate banală (sau lipsa ei) este mai importantă decât respectiva femeie. Ba chiar gonit, face în așa fel încât să n-o scape din vedere, dându-se peste cap să-i fie pe plac (îl mai știți pe R?). Altfel spus,

O femeie nu poate alerga după un bărbat care nu o vrea.

În al doilea rând, un bărbat, atunci când nu vrea o femeie, în niciun caz nu consideră că dacă aceasta aleargă după el cu limba scoasă, arătându-și prea multă disponibilitate, devine, brusc, dezirabilă. Dimpotrivă. Interesul lui scade vertiginos sub zero și asta pentru că instinctul de vânător îi este complet anihilat. Dacă nu poate târî de păr femeia în peșteră, cu bâta pe umăr, bărbatul tuturor epocilor simte mâncărimi, nu are stare, ceva îi pute și, drept urmare, fuge ca potârnichea. Și, cum nu e baba-oarba, se presupune că femeia a priceput că nu trebuie s-o rupă la fugă ca o găină beată în urma lui, în timp ce acesta îi arată, elegant, spatele, și încă de la distanță. Pentru că bărbatul nu vrea să se simtă el cel vânat, el cel târât de bijuterii în peșteră de femeia pe tocuri, dacă nu-i dă ghes inima (sau altceva) către acea femeie.

În al treilea rând, pentru că un bărbat, atunci când nu știe dacă vrea sau nu o femeie, fuge uitându-se în urmă să vadă dacă ea aleargă după el, doar pentru a-și hrăni nesiguranța și orgoliul prostesc cu un act pur demonstrativ. Și nimic mai mult.

***

Așadar, am hotărât – nici nu voi reîncepe să alerg după cineva, dar nici nu voi mai întâmpina cu brațele deschise (și nu numai) fiecare nouă oportunitate.

Și asta, pentru că acum mi se pare desuet să mai sar din bărbat în bărbat, să-i schimb atât de des, astfel încât, atunci când încerc să-mi aduc aminte câte ceva, cea mai mare dilemă a mea să fie... Cu cine eram? Cu X sau cu Y? Să-i încurc, să nu mai știu cine sunt și unde mă situez între toți acești bărbați... Nu mai vreau să o iau mereu de la capăt, să încep mereu să-l cunosc pe cel din fața mea, să mă întreb: *„Oare ce defecte ascunse are?”*, *„Oare ce vicii?”*, *„Oare cu ce obicei rușinos mă va șoca atunci când va considera că suntem suficient de apropiați cât să mi se destăinuie?”*, *„Oare este nesimțit, nepăsător sau scârbos în intimitate?”*, *„Pervers sau plictisitor?”*...

Vă spun, este tare sâcâitor să parcurgi de atâtea ori același drum cu fiecare bărbat nou... mereu s-o iei de la capăt, mereu să construiești de la zero. Și acel element-surpriză, și acea bucurie de a descoperi, și toate emoțiile inerente unui început, reluate la infinit... se macină și-și pierd din intensitate. Nu mă mai tentează, nu mă mai interesează. Ajung să cred că rutina este mai blândă și mai ofertantă decât o nouă relație, încă una și încă una...

Și cine mă obligă să sar din relație în relație?, o să întrebați. Viața însăși. Fiecare bărbat care s-a dovedit a fi o nouă bulă de săpun. Frumoasă la exterior și goală la interior! Vremelnică în frumusețea ei și având extraordinara proprietate de a-și releva inconsistența extrem de rapid. Nici măcar n-o pot numi dezamăgire, căci asta ar presupune că mi-am pus sufletul amanet de fiecare dată, ceea ce, din fericire, este complet neadevărat.

De fapt... nu mă obligă nimeni și nimic. A fost alegerea mea, la un moment dat. Alegerile mele, pe care nu le regret și de care nici nu mă dezic. Alegeri pornite dintr-o ascunsă, nerostită și intimă nevoie de a înceta zbaterea între dorința de a mă dărui complet și conștiința că această dăruire completă la care tânjesc nu ar fi decât o altă greșeală generatoare de suferință nouă peste suferința mea foarte veche, de cicatrice nouă peste cicatricea foarte veche. Ce-i drept însă, o astfel de juxtapunere nu mă mai reprezintă de mult, dar asta nu înseamnă că sămânța ei nu zace în letargie bine ascunsă, ce-i drept, la întuneric și lipsită de oxigen, ca să nu mai poată germina vreodată.

***

Azi m-a căutat fostul soț al Evei. Ne-am intersectat, la un moment dat, în pat, însă de atunci trecuse o viață. Trecuse și Eva, trecuseră toate. Și el? Proaspăt, galant, entuziast, ca și când nu s-ar fi întâmplat nimic.

- Anays, iubito, aș vrea să te văd. Iartă-mă că am lăsat să se strecoare atâtea între noi... dar asta a fost în trecut. Acum, situația e complet diferită...

„Iubito”? Și Eva, ticălosule?

- Ce vrei, de fapt?

Nu aveam niciun chef de dulcegării cu acest bărbat ce-mi zgâriase sufletul. Rănind-o pe Eva, mă atinsese, prin ricoșeu, și pe mine. Iar de povestea noastră petrecută cu mult timp înainte de a lui și a Evei oricum uitasem chiar a doua zi.

- Să te văd... Îți jur, nimic altceva. Am greșit, Ev... ăăă, Anays, iartă-mă...

Căzuse. Prea repede. Ceva se întâmpla, ceva care, deși nu mă privea poate, trecea prin mine, și nu pe lângă mine... Am acceptat doar pentru că îmi confundase numele cu al Evei.

Ne-am întâlnit în oraș, chit că se oferise să vină să mă ia de acasă. Probabil că uitase că la mine nu vine nimeni. Nu *mai* vine nimeni. Așa că i-am propus ca loc de întâlnire foaierul Teatrului de Comedie. Cu sau fără apropo, dar s-a întâmplat să primesc o invitație dublă la „comedie”, așa că s-a potrivit perfect. Și dacă nu se ivea el, tot perfect ar fi fost, căci nu o dată am mers neînsoțită la teatru și nu o dată am continuat seara singură, la barul unora dintre hotelurile de cinci stele din centrul orașului.

Nu te teme, uneori, propria companie este infinit mai dezirabilă și mai plăcută decât compania oricărui altcuiva.

A venit înaintea mea. Mă aștepta într-un colț, semiretras, cu mănușile și pălăria în mâini, frământându-le discret. Continua să fie un bărbat ce atrăgea priviri, continua să nu lase indiferente femeile care treceau pe lângă el, în rochii ușoare, înfoiate și prea sclipitoare. Dar el părea că nu le vede. De fapt, că nu le mai vede... Era clar, ceva se întâmplase, ceva suficient de grav încât să mă caute, deși era conștient că dintre toți oamenii de pe pământ eram ultima persoană la care ar fi trebuit să aibă tupeul să ridice ochii.

- Sărut-mâna, Anays.

- Bună seara...

- Iartă-mă că... dar numai tu... ăăă... începu el bâlbâit, dar își recăpătă rapid stăpânirea de sine, mutându-se pe terenul unde se simțea în largul său: cel al lingușirii femeii.

- Ești neschimbată! Arăți minunat! Mă bucur sincer că ai acceptat să ne vedem! Chiar mi-a fost dor de tine!

- Nu zău... hai să sărim peste preludiu, chiar nu e necesar acum, și treci la subiect. Ce s-a întâmplat?, îi răspund cu dinții strepeziți de dezgustul pe care ultimele lui cuvinte mi l-au provocat.

- Nu, nu aici, vorbim după...

Am fost de acord. În timp ce ne îndreptam spre locurile noastre, mi-am adus aminte de alte întâmplări pe care le-am trăit, nu foarte de mult, chiar în teatru, și un fior m-a zguduit... În niciun caz, nu simțeam să le repet. Nici cu străinul de lângă mine și nici cu nimeni altcineva... era clar, ceva mi se întâmpla și mie... Ceva de care, instinctiv, îmi era o vagă teamă. Noroc că a început piesa de teatru și gândurile mi-au intrat în stand by. Nu pentru mult timp, însă. Deși desfășurarea de forțe actoricești din fața noastră era una plină de haz, mâna lui ce începuse s-o caute, pe nesimțite, pe a mea m-a readus în sfera acelui *déjà-vu* de care îmi doream să scap. Nu l-am lăsat să-și ducă intenția până la capăt, m-am reașezat în fotoliu, cu un gest vădit de refuz, la care am asortat una dintre privirile mele urâte pe care nu mulți bărbați au avut „șansa” să le cunoască.

Seara s-a terminat într-un bar de alături. Am refuzat insistent orice alt local, păstrând atitudinea distantă.

- Mai ai un pic și mă muști, dar nu în sensul în care mi-aş dori.

- Te ascult, îi spun, făcându-mă că nu-i aud reproșul și apropoul înghesuite într-o singură frază.

S-a posomorât... Și-a dat de tot jos masca de bărbat fatal și în spatele ei l-am descoperit așa cum nu-l cunoscusem. Un bărbat pierdut, trist... ceea ce știam eu despre el și Eva nu părea să aibă sens acum. Asta dacă, bineînțeles, starea lui ar fi avut legătură cu Eva. Și imposibil să nu aibă... Mai ales că Eva trăia și ea acum într-o lume paralelă, atât de periculoasă și de înșelătoare.

Tăcea. Tăceam și eu. Îi deschisesem toate porțile, să-l iau de mână și să-l trec pârleazul mi se părea totuși prea mult.

- Am pierdut-o!, zice deodată și mă privește în ochi.

Dar asta nu te-a împiedicat să mă curtezi, gândesc pentru mine. Îmi dau seama că nu are sens să mă erijez în judecătorul lui. Nu am acest drept și nici nu aș vrea să-l am.

-... și eu, să știi. Înaintea ta.

M-a privit fix. Nu înțelegea sau se prefăcea că nu înțelege, dar ce importanță ar mai fi putut avea. Nu era însă vorba de mine, ci de ea, doar de ea...

- Știi că mă urmărește și că nu face altceva decât să continue să se prefacă că suntem împreună? Ne distruge pe amândoi... Am divorțat pentru că așa a vrut ea, nu concepe să ne împăcăm, mă ține la o distanță mai mult decât respectabilă și parcă numai ca să-mi facă în ciudă... în fine, știi ce face. Am prieteni care sunt convinși că nu mai e în toate mințile. Exclus! Eu știu că mă iubește, dar.... dar ceva a fost și-ți jur că nu știu, ceva care a dus și la divorț, și la comportamentul ăsta al ei absolut delirant, că nu mai știu cum altfel să-i zic... Anays, ajută-mă, te rog... mai bine zis, ajut-o pe Eva. Știu că poți... mi-a povestit, la un moment dat, de... tine... de voi, adică. Și am înțeles un singur lucru – că pentru ea ai însemnat și continui să însemni... enorm! Pe tine o să te asculte!

- Simți gelozie?

- Termină cu prostiile!!... Bine, da, mă rog, un pic. Adică, ce să-ți spun, că m-am închis în baie și am plâns ca un copil, cu genunchii la piept, când mi-a spus? Că am înțeles că niciodată eu nu voi putea ocupa TOT locul din sufletul ei? Că sunt cotloane care-mi vor rămâne în veci străine și sentimente pe care nu le va nutri niciodată față de mine? Că o femeie bisexuală ca Eva și ca... tine, Anays, este, de fapt, incapabilă să se dăruiască unui singur bărbat? Sau, mai corect, să spun... unei singure persoane? Nu, nu sunt răutăcios... ci doar mă spovedesc... ce ironie a sorții, tocmai ție, femeia care m-a făcut să sufăr atât, și nu din cauza relației pe care am avut-o cu ea... adică nu doar din cauza, adică... ăăă... of... ai înțeles, tu, nu-i așa? Iartă-mă...

Înțelesesem, nici nu era greu de înțeles... și poate că mariajul Evei nu fusese chiar atât de artificial precum îmi plăcuse mie să cred în tot acest timp (trebuia să mă protejez cumva, nu?). Dar ce înțelesesem eu mai presus de orice e că Eva fusese cutremurător de profund „a mea”...

Am avut nevoie de câteva minute să-mi potolesc pulsul, minute pe care le-am camuflat într-o atenție nejustificată dedicată paharului cu vin din fața mea.

- Să reluăm, îi spun într-un final... zici că nu știi de ce, pe de o parte, Eva a ales divorțul și, pe de alta, continuă să mimeze viața în doi... Nu ești sincer până la capăt, corect? Atunci, să știi că spovedania ta se anulează de la sine. Le trec la capitolul spectacol ieftin de cocotă cu păr pe picioare? Sau te pomenești că te-ai aliniat modei și te epilezi și tu?

Tonul batjocoritor cu care am spus ultimele cuvinte și-a atins ținta. A lăsat capul în jos și a recunoscut...

- Am înșelat-o și m-a prins. Dar ce se aștepta? Nu i-am jurat fidelitate niciodată!

- Pe bune? Dar nu și despre asta este căsătoria? Numai întreb, știi că nu sunt și nu am fost măritată niciodată! (Încă – am adăugat în gând.)

- Ce vrei de la mine, Anays? Ce mă tot înnebunești așa, că nu d-aia am venit la tine... Ți se pare că nu sunt suficient de distrus, de mai simți și tu nevoia să răsucești nenorocitul ăla de cuțit în rană? Nu știu despre ce mama mă-sii e căsătoria, până la urmă... Eu am iubit-o și o iubesc complet, total, dar cumva, în mintea mea, asta nu intră în conflict cu micile și discretele mele aventuri. Dimpotrivă, din punctul meu de vedere, aduc un suflu nou relației.

Și adevărul este că nu există bărbat fidel, înțelegi? Treaba cu fidelitatea masculină nu e decât un mit.

Hai, Anays, că ești fetiță mare, să nu-mi spui că mai crezi în Moș Crăciun și Feți-Frumoși, nu? Și, în plus, nici ea nu era complet a mea, chiar dacă nu mă înșela fizic, în prezent, suspina, și nu de puține ori... după tine! Așa că despre ce vorbim aici?

- Tu să-mi spui!

- Anays... te rog, nu am venit să ne certăm. Dimpotrivă, am venit umil, dar plin de speranță...

- C-o să m-agăți?

- Ignoră... sunt bărbat, iar tu, o femeie frumoasă, eram dator să încerc, poate și în amintirea a știi tu ce sau poate doar pentru că sângerez...

- ...și ai nevoie de o femeie-pansament!

- Da, am! Mă poți condamna pentru asta? Dar reiau... Anays, te rog să mă ajuți. Să ne ajuți. Vorbește cu Eva... Explică-i că nu-i pot oferi fidelitate fizică, ci doar sufletească!

- Ok... nu neg că noi, femeile, vorbim vrute și nevrute între noi, dar asta nu înseamnă că ai dreptul să-mi ceri o așa gogomănie. Nici mie și nici altei femei. E semn de profund dispreț față de tot ce înseamnă femeia, nu numai față de Eva și de mine. Tupeul tău chiar nu are limite?

Și în timp ce-i aruncam ultimele cuvinte, mă ridic și plec, uitând intenționat orice formulă de politețe și lăsându-l să-și regurgiteze reprezentația din acea seară.

Am ieșit la aer și, sub pretextul că-mi caut un taxi, am pornit la pas, pe bulevard în jos, întrebându-mă de ce m-a enervat, până la urmă, atât de tare nimicnicia unui bărbat. În fond, nu era nimic nou sub soare, dimpotrivă, aceleași vechi povești de când lumea și pământul, jucate mereu de alte și alte marionete, ca și când ar fi unice. Și poveștile, și marionetele. Doar... *ca și când!*

***

Prefer un adevăr spus pe jumătate decât o jumătate de minciună spusă pe jumătate...

... dar asta nu înseamnă că-i voi povesti vreodată Evei despre penibila întâlnire și nici că se va schimba ceva în legătură cu planurile mele de viitor. Dimpotrivă, am senzația că sunt o fătucă fără minte, abia ieșită din adolescență și al cărei unic vis este să se mărite! În realitate, vreau să-mi mai acord o șansă. Sau, mai corect spus, *încă* o șansă. Aceea de a găsi (fie și temporar) tot ceea ce, într-un fel, am hulit până acum... dar am făcut-o îndreptățită, căci convalescența după ce ai fost hăcuit în dragoste nu este nici simplă și nici scurtă. De a găsi junghiul din stomac și ochelarii prin care lumea noastră meschină pare un Eden proaspăt creat. În fine, de a găsi, experimenta și trăi, din nou, Iubirea...

***

Când viața te pune la colț, fă-i cu ochiul, ridică-ți ușor fusta, prefă-te că-i accepți provocările... și restul vine de la sine!

A fost modul meu în care am înfruntat tot ce mi-a pus nemernica pe tavă de-a lungul timpului, mai ales în anii de după pierderea inocenței, mai ales atunci când am fost subiect de bârfă, de cancan și de *fake news,* inclusiv printre prieteni.

Da, acei *prieteni* ce scurmă cu disperare prin ceea ce consideră a fi mocirla celorlalți în căutare de senzațional. Acei prieteni care se hrănesc cu putregai doar pentru că sclipește. Acei prieteni aflați în permanență în căutarea adevărului rușinos pe care, inevitabil, fiecare dintre noi îl ascunde și care, în general, are legătură cu intimitatea nevindecată a trecutului, cu cine ştie ce istorie încă sângerândă din care continuăm să târâm după noi, cu râvnă, cadavrele unor foste întâmplări, foste iubiri, foste înălțări, foste fericiri, foste eșecuri... Așa cum au fost și scrisorile mele de la și pentru N, dacă le mai țineți minte... Orice adevăr rușinos tinde să devină un secret murdar, o cangrenă, un puroi încă activ, un cancer sufletesc pe care preferăm să-l ocolim cu ipocrizie decât să ne facem curaj și să-l extirpăm. Preferăm să-l încălzim la sân, deși știm că nu este altceva decât un șarpe turbat și otrăvit, doar pentru că ne este mai comod așa... Precum un bețiv se simte bine în propriile dejecții când doarme în șanț, la fel și sufletul nostru tare bine se simte în propriile mizerii de care refuză cu greu să se debaraseze și care sunt atât de atrăgătoare pentru ceilalți, încântați că astfel uită de propria mizerie.

E adevărat, până la urmă, fiecare dintre noi ascunde câte un astfel de secret murdar și asta ne definește grețos, dar nu e treaba niciunuia dintre noi să ne băgăm râtul în infecția altcuiva. O avem pe a noastră și este mai mult decât suficient! Mai mult, ce nu știu acești prieteni este că toate secretele mele nu mai sunt secrete și drept mărturie stau aceste confesiuni...

...și, din nou, asta nu înseamnă că nu am prieteni, asta nu înseamnă că nu acord un... oarecare credit celor din jurul meu, deși în majoritatea cazurilor prefer să aplic prezumția de... vinovăție!

***

Țâțe mari sau mici? Cu sutien sau fără? Epilate sau „naturale”? Autocontrol la sânge sau libertate și comoditate? Pudice sau îndrăznețe? Mă culc de la prima întâlnire cu el sau nu? Etc., etc... Sugrumate de standardele societății pretins „moderne”, femeile contemporane sunt damnate să ducă povara unor idei preconcepute emise, în marea lor majoritate, de eminențe cenușii masculine, desigur, în accese de ură la adresa femeilor.

Adevărul este că întotdeauna o femeie va găsi la ea însăși ceva ce nu-i place, motive de nemulțumire mai mult sau mai puțin întemeiate. Dacă adăugăm și presiunea externă, atunci să nu ne mai mire nimic. Nici complexele de inferioritate ale celor care au sânii mici (deși sunt mai comozi și nici nu devin așa ușor victimele gravitației), nici ale celor care au sânii mari, fiind absolut terifiate de trecerea timpului și de fenomenul ireversibil de „lăsare”, urmat de brusca trecere a masculilor de la „ai văzut ce țâțe mișto are tipa aia” la „aoleu, ce țâțe lăsate, fugi de-aci”, nici ale celor slabe *(piele și os)*, nici ale celor cu forme *(grase și nesimțite)* și tot așa... pe unde te uiți, numai complexe de inferioritate induse, falsă pudibonderie și crize existențiale penibile sau, dimpotrivă, revolte infantile manifestate de către unele dintre noi prin fluturarea cu aplomb a părului axial și a celui de pe picioare ca supreme dovezi ale unei libertăți pe care nici ele nu și-o explică mereu. Problema este că și unele, și altele continuă să se manifeste doar în raport cu nenorocitele de standarde despre care vorbeam și fără de care uite că nu se poate.

Așa că nu zic să faceți ca mine, căci eu nu sunt un model (și nici nu vreau să mă considerați vreodată așa), ci faceți cum vă place, ignorați „cerințele oficiale” ale societății și simțiți-vă atât de bine în pielea voastră, încât să vă invidieze până și pietrele!

***

Ah, Eva... Ai căzut și tu în plasa asta facilă. Ai fost convinsă, precum orice femeie, că, deși toți bărbații sunt porci și-și înșală pe rupte, care pe față, care mai discret, partenerele de viață, cumva al tău e mai cu moț și n-o va face. Cu alte cuvinte, ai crezut orbește că ai câștigat premiul cel mare la loteria vieții, ai crezut orbește că al tău este unica excepție care... n-o va face! Ai fi putut și să bagi nu numai mâna, ci și sufletul în foc că „așa ceva” ție nu are cum să ți se întâmple, corect? Pe asta ți-ai întemeiat noua viață, pe asta ai mizat atunci când ți-ai tăiat toate punțile cu toată lumea și ai ales un unic punct de sprijin. Unul care s-a dovedit extrem de vulnerabil și care a cedat rapid și fără drept de apel. Și când credeai că în jurul tău totul se prăbușește în timp ce tu, unica!, ai pământ solid sub picioare și erai gata să-ți compătimești prietenele ghinioniste, oferindu-le un umăr generos pe care să-și plângă amarul, fix atunci... ei, bine, atunci ți s-a întâmplat imposibilul!

Așa-i că îți era mai comodă o minciună călduță decât un adevăr rece și lipsit de empatie? Dulce-otrăvită amăgire, draga mea. Ce-i drept, ce nu știi nu te poate omorî, e ca și când nu ar exista… Să nu crezi că te condamn, înțeleg că poate ai fi preferat să continui așa, într-o lume paralelă, inventată de tine și aflată departe de adevărul ce uite că te-a găsit și te-a mutilat, deformându-ți percepția ta diafană și inutilă despre viață.

***

Să ai parte de cât mai puțină ipocrizie în prezentul și viitorul tău, indiferent dacă ești Eva sau oricare altă femeie...

***

Reîntâlnirea cu E a fost una oarecum surprinzătoare. Îi pierdusem urma acum mult timp, încât aș putea spune că aproape uitasem că... fusese primul meu bărbat. Se spune că astfel de lucruri nu se pot uita sau, mai degrabă, că o femeie nu poate uita. Discutabil... O generalizare (precum toate generalizările, de altfel) nefericită. În orice caz, rareori prima experiență este remarcabilă și demnă de păstrat în rândul amintirilor sfinte și nu este nicio rușine să recunoaștem asta. Este doar începutul și, dacă avem nenorocul să ne fi ales să devenim femei alături de un partener căruia să-i pese mai mult de orgasmul lui decât de virginitatea noastră, șansele să fi debutat cu stângul sunt majore. Dar asta, până la urmă, nu înseamnă nimic. Poate, doar un strop de realism peste extazul siropos pe care, cu siguranță, fiecare dintre noi îl aștepta să ne copleșească încă din primul moment.

Prima experiență sexuală este un subiect tabu, ceea ce nu face decât să sporească gradul de anxietate cu care ne raportăm de atunci înainte la viața intimă. Dacă adăugăm și o educație deficitară în acest sens, dublată de cuiul ăla încins înfipt în creier că sexul este păcat, atunci avem cea mai bună rețetă pentru o viață sexuală dezastruoasă, izvor de frustrări, suferință și retard emoțional.

Așadar, primul meu bărbat, prima mea experiență intimă. Eram mică, naivă, delicată și plină de încredere în ce îmi rezervă viața. E era cu doar câțiva ani mai mare, suficient cât să ne plaseze la poli opuși. El sărea din floare în floare, colecționând flămând cât mai multe femei la pat, eu visam (deși nu foarte convinsă) că el ar putea fi primul și ultimul bărbat.

Nu vreau să mă judec. Și nici voi să nu o faceți cu cele care ați fost cândva.

Nu vreau să simt că, dacă aș putea să mă întorc (și nu e prima dată că aș face exercițiul ăsta de imaginație), aș fi în stare să mă iau la palme. M-aș scoate de păr de sub el și, așa dezbrăcată, m-aș alerga în văzul lumii, să mă fac de râs, să simt rapid și profund ceea ce, oricum, aveam să simt apoi, doar că într-un proces mult mai lent și mai îndelungat și, de aceea, mult mai scârbos.

Nu mai știu exact detaliile, memoria mea nu a recuperat decât senzația aceea de... neîmplinire. De...

„asta-i tot?”. Evident, nu aveam cu ce compara, dar nu asta era problema, ci faptul că am simțit că nu poate fi doar atât. La vremea aceea, credeam că-l iubesc pe E, din moment ce-i acordasem onoarea de a mă dezvirgina, dar, cumva, el mi-a dat senzația că iubirea și sexul nu prea au multe în comun. Nu a știut să le contopească într-un singur act care astfel ar fi devenit sublim, ci le trăia separat, ca și cum ceea ce se întâmpla în pat ar fi ținut de o igienă trupească atât de necesară, iar ceea ce se întâmpla dincolo de el, de o igienă sufletească la fel de necesară. Și... cam atât. Ne-am despărțit destul de repede și nu fără să sufăr. Dar cred că suferința din iubire este un ingredient obligatoriu atunci când înveți ce înseamnă, de fapt, sentimentele. Să ne înțelegem, toate acestea s-au întâmplat înainte de N. Atunci când lucrurile nu escaladaseră și, așa cum veneau, bune și mai puțin bune, păreau controlabile. De fapt, toate acestea nu erau decât o ciornă nereușită a ceea ce avea să urmeze.

E avea acum propria lui firmă de nu știu ce, mi-a spus la un moment dat în primele discuții, dar nu prea m-a interesat, era important, avea angajați, secretară, șofer. Toate ingredientele unui bărbat de afaceri de succes. Nu știu dacă această imagine la care se vedea că muncește corespundea cu realitatea sau era doar paravanul unei ratări colosale a cărei ascundere merita tot efortul. Nu știu și nici nu contează. Cel puțin, nu pentru mine.

Nu se schimbase prea mult, nu avea decât câteva riduri și kilograme în plus, atât cât figurii de tinerel rebel de altădată să-i confere o oarecare iluzie de maturizare. Și seriozitate. Deși împrejurările reîntâlnirii noastre nu erau deloc serioase. Și nici foarte mature.

Ne-am revăzut într-un club de pe Litoral. Zgomot și mișcare browniană, specifice. Oameni de toate felurile, femei frumoase, majoritatea dezinhibate și semidezbrăcate, dar fără a fi vulgare. Apropierea mării estompa orice accent deplasat, conferindu-le, în schimb, un aer de spontaneitate și răsfăț feminin aproape inocent. Pielea bronzată strălucea în luminile ce se revărsau la fel de haotic precum ritmul muzicii.

E sprijinea un colț de bar împreună cu un prieten și, din atitudinea lor, voiau să transmită că se țin departe de zbânțuiala generalizată, stropită cu generozitate cu alcool. M-a văzut exact când muzica își trăgea sufletul – sau poate doar DJ-ul greșise butoanele și zguduielilor ce marcaseră toată seara până atunci le-a luat locul o melodie curată, limpede, fără asperități și poate de aceea întâmpinată cu un entuziasm real de către mulțimea de dansatori. M-am alăturat din nou lor și atunci am simțit că mi se lipiseră de spatele gol o pereche de ochi nerușinați. M-am întors pe jumătate să văd cine e și, mai repede decât m-aș fi așteptat, am accesat arhivele prăfuite ale secolului trecut, identificându-l. Iar el mă privea cu atâta drag familiar, încât aș fi putut jura că mă recunoscuse dinainte să-l observ eu. Nimic mai greșit, cum aveam să-mi dau seama ulterior. De fapt, el încerca doar să agațe „ceva” în seara aia și îi picaseră ochii pe mine, țintă singură: o femeie frumoasă, venită în club cu un grup de prietene, zbanghie pe ring și nedespărțită de paharul ei.

Sesizând că nu întorc capul instantaneu – și asta pentru că tocmai procesam ideea că a existat cândva un prim bărbat în viața mea și că el se află acum aici, de la o distanță în timp de... nici nu mai știu câți ani, la una în spațiu de numai câțiva metri –, s-a simțit încurajat să se desprindă din locul lui de om care a depășit frivolitățile unui club de noapte, dar nu suficient astfel încât să nu-l frecventeze, și s-a apropiat de mine, cu un zâmbet pe jumătate fals, pe jumătate rânjet, dar pe care sunt sigură că el îl considera irezistibil. I-am zâmbit reținut, la rândul meu, abținându-mă cu greu să nu izbucnesc în râs. Nu aș fi vrut să-l fac să se simtă prost, nu că nu ar fi meritat-o, ci doar de dragul a ceea ce am împărtășit cândva. Și-n loc să-mi spună pe nume, să mă îmbrățișeze și să se minuneze că ne revedem după... ani sau să se comporte într-un fel în care să-mi confirme că știe cine sunt, el își începe repertoriul de clișee menite să convingă o femeie oarecare să-i alunece între picioare în următoarele ore. Îl privesc în ochii pe care și-i dezlipise cu greu de spatele meu doar pentru a-i înfige în decolteu-mi și încep să-i bat apropouri subtile despre un posibil trecut în comun. El interpretează jocul meu ca pe un accept voalat al intențiilor sale, așa că, fără multe cuvinte, mă ia după mijloc și-mi șoptește să ieșim la aer, invitându-mă la o plimbare nocturnă pe malul mării. Sună tentant, mai ales că sunt curioasă dacă și când își va da seama cine sunt. Sau poate că nu avea s-o facă, poate că, până la urmă, nu fusesem atât de importantă pentru el, îmi zic fără urmă de regret.

Îmi anunț prietenele și ieșim la aer. Nu ezită să mă ia imediat de mână și, după felul preocupat în care pășește, simt că-și face zeci de scheme cum să ajungă mai repede la ce-și dorește... Mă fac că mă las prinsă în cursă și îl provoc să-mi vorbească despre el. O face încântat. Pentru câteva momente, uită de motivul pentru care mă scosese din club și începe să-și ridice osanale. Mă amuză, dar continuu să păstrez aparențele, deși nu știu cât o să mai rezist.

- E, ești fantastic, îi spun și-l privesc cu falsă admirație.

- De unde știi cum mă cheamă, că nu ți-am spus? Sau am făcut-o?

- Mi-ai spus, normal, și nu acum, mai de mult, continuu eu să insist, dar el nu mă ia în seamă, ridică din umeri, mă trage mai aproape și ne continuăm plimbarea aproape lipiți. Încearcă, la rândul lui, să mă tragă de limbă. Îi înșir banalități, lucruri care ar putea caracteriza jumătate dintre femeile din lumea asta, dar el este mulțumit. Îi spun și cum mă cheamă, numele cu care el mă cunoscuse, dar, din nou, nicio tresărire. Ok, înseamnă că ne vom distra, gândesc și îl las să-și continue interogatoriul.

Între timp, ajungem pe plajă. Este răcoare, valurile se aud foșnind senzual, nisipul încă păstrează ceva din fierbințeala de peste zi, așa cum cearșafurile mai păstrează un timp urma caldă a corpurilor ce s-au iubit între ele, iar cerul pare că se sprijină pe linia orizontului și pe capetele noastre, doi necunoscuți rătăcind printre intenții complet diferite. Mă înfior ușor și nu știu dacă este de la briză sau de la alte amintiri la fel de vechi care și-au găsit tocmai acum să înflorească. El sesizează și profită de moment să mă îmbrățișeze, nu înainte de a-mi oferi cămașa lui de blugi.

Un moment, între noi sălășluiește nemișcarea... s-au oprit și gândurile, s-au închis și ochii, numai sângele a grăbit, nevăzut și abia simțit, ritmul. Mă surprind emoționată și îmi dau seama că prezentului îi suprapun, fără să vreau, imagini din alte vremuri. Din acele vremuri când noi doi formam... hm, cuplu poate este mult spus. Să zicem, o pereche.

Apoi, mâinile lui încep harnice să mă exploreze. Nu mai știu ce am de gând să fac, dar acum e momentul să mă hotărăsc. Între timp, el mă adulmecă, dornic să mă sărute. Eu sunt, în continuare, indecisă. El își dă seama și, probabil din siguranța că prada nu mai are cum să-i scape, ia în calcul și să se joace, așa că nu forțează nota. Se desprinde ușor, îmi ia mâna în mâna lui, mi-o mângâie ușor, mi-o întoarce și îmi sărută palma! Gestul cu care mă cucerise în urmă cu ani... gestul lui irezistibil. Și pe care îl uitasem. Intenționat, desigur. Mă tulbură și acum, la fel cum obișnuia s-o facă mereu... Și trăirile mele, deși subtile, nu par să-i scape. Acum are toată atenția ațintită asupra mea. Ne-am oprit sub luna aproape plină ca sub un felinar și, pe măsură ce mă privește în ochi, prin întunericul subțire și lăptos al uneia dintre cele mai frumoase nopți de vară, ceva începe să i se lege. Îmi ia ambele mâini și mi le întoarce cu palmele în sus. Știu ce caută. Deși, după atâta timp, putea să nu mai fie demult acolo... Dar este, pentru că, o dată la câțiva ani, îl refac. Este modul meu de a-mi aminti de unde am plecat, ca femeie, indiferent de modul în care s-a petrecut totul. Caută un tatuaj micuț pe care mi l-am făcut când eram împreună, într-un moment de „sublimă nebunie”, cum ne plăcea să-i spunem, prinși în vâltoarea imatură a tinereții. „Nebunie” pe care am simțit nevoia s-o repet și cu Eva. Și nu știu de ce cu N, nu... Încurcate ne sunt căile simțămintelor!

Și-l găsește și rămâne blocat, nevenindu-i să creadă că nu are halucinații. Când se convinge că acela este tatuajul, se dă un pas în spate și mă privește aproape șocat... Nu mă așteptam să aibă reacția asta, eu prevăzusem alt final acestei revederi, unul înecat în hohote de râs, cel puțin din partea mea. Dar acum nu-mi ardea de niciun râs. Reușise să mă atragă în amestecul lui de trăiri la care asortase atât de inspirat noaptea și marea. Înainte să spună ceva, își dezvelește pieptul și-mi arată, în dreptul inimii, același tatuaj. Pe care sunt sigură că înainte nu-l avea... sau poate că memoria îmi joacă feste, dar nu am timp să-mi dau seama, că mă lămurește el.

- Nu, nu îl aveam atunci, mi l-am făcut după și, ca și tine, l-am păstrat... Nu pot să cred că nu te-am recunoscut... iartă-mă. Sunt sigur acum că tu ai făcut-o. Așa se explică apropourile tale și faptul că mi-ai știut numele... iar eu nu am făcut legătura nici măcar când mi-ai spus cum te cheamă... și nu mi-ai spus Anays – da, știu –, ci chiar numele tău real... iar eu, ca un dobitoc, am încercat să te agăț ca pe orice pipiță și, mai mult decât atât, te-am adus aici ca să facem sex. Și tu ai venit doar ca să vezi până unde merg cu infatuarea și cu replicile proaste de agățat și dacă, până la urmă, sunt în stare să-mi dau seama cine ești. Corect?

Ok, recunosc, E se schimbase. Acum nu mai vorbea versiunea lui de celibatar ieșit la vânătoare, fericit cu orice îi cade în brațe, ci bărbatul care devenise între timp.

Dar bărbatul de succes în afaceri, căci nu reușise să lase complet deoparte aroganța care-i devenise un fel de umbră permanentă, de care cred că nici măcar nu era conștient. Practic, era incapabil să renunțe la măști. Se identificase cu ele. Și asta mi s-a părut trist...

Ne-am așezat într-o barcă de pescari ce se odihnea nu departe de mal. Îi pierise totuși aplombul și acum el era cel care nu știa în ce direcție s-o ia. Așa că a preferat să depănăm amintiri comune sau nu. Ne-am refugiat în zona aparent sigură a trecutului, deși eram conștientă de cât de amăgitor poate fi dacă îi dai prea multă atenție.

Am petrecut bună parte din noapte vorbind și ținându-ne de mâini. Fie nu mai avea curaj, fie nu mai voia, însă nu mi-a mai făcut avansuri și nici nu a mai încercat să mă sărute sau să mă atingă. Din pradă devenisem, involuntar, prădător, deși nu o astfel de inversare de roluri îmi dorisem. Lucrurile au decurs într-o direcție imprevizibilă și, poate tocmai de aceea, interesantă.

Mi-a mărturisit şi de ce şi-a făcut după atâta timp tatuajul „nostru". Era modul lui de a păstra în gând o relație inocentă și pură și de a-mi cere iertare, simbolic și în lipsă. Pricepuse târziu ce înseamnă pentru o fată să-și piardă virginitatea și își dăduse seama că se comportase deplasat nejustificat, că mă rănise din ignoranță și dintr-o oarecare doză de nepăsare. Și, culmea, înțelesese asta datorită altei fete. A uneia care, deși se îndrăgostise nebunește de el, mult după mine, refuzase să-i cedeze, virgină fiind, pentru că intuise ce avea s-o aștepte după aceea.

Cum spuneam, oarecum surprinzătoare întâlnirea cu E. Fiecare moment în plus mi-a confirmat sau infirmat ceva ce reușisem să-mi amintesc despre el, despre noi, despre mine, cea de atunci. Dar, în felul ei, unică.

Ne-am despărțit cu un sărut cast și fără promisiuni de revedere. Care ar fi fost rostul? După aceea, am renunțat să-mi mai reînnoiesc tatuajul. Nu l-am scos, ci l-am lăsat să se șteargă el discret, așa cum îl și purtasem în toată această perioadă. A mai murit un mit despre care nici nu realizasem până atunci că exact asta fusese: un prim mit al vieții mele.

***

Nu m-am cramponat niciodată de sărbătorile artificiale din calendar în care toată suflarea feminină pare că suferă brusc de alienare mintală și cerșește agresiv atenție exclusivă, cadouri, flori, giugiuleală, „surprize”, inimioare, bombonele, cinuțe romantice, șampanică, ciocolățele, ursuleți sau, mai bine, bijuteriuțe.

Sunt acele date dincolo de care spiritul feminin pare că nu poate trece vreodată, așa că nu-i rămâne altceva de făcut decât să geamă captiv în marketingul pieței de consum care de ani buni profită din plin de inocența și vulnerabilitatea sexului frumos și slab (în acest caz, de minte).

Sunt acele date în care femeile uită instantaneu ura ce le leagă de partener, faptul că nu mai suportă să-l vadă nici în fotografie, că habar nu mai au ce naiba or fi găsit la amărâtul de lângă ele și că au epuizat tot repertoriul de înjurături al unui birjar cu vechime atunci când vine vorba de el.

Sunt acele date în care... iubirea cunoaște inflația, dă pe afară cu violență și se scurge până-n stradă, ba intră și-n casele altora – cu ajutorul sfintelor rețele de socializare, normal – și, în consecință, așteaptă răsplată consistentă, menită să umple de invidie restul suflării feminine.

Ipocrizie? Falsitate? Ei, pe naiba, dar cine a pomenit de așa ceva? 14 Februarie, 24 Februarie, 1 Martie și 8 Martie sunt sfinte. Nici iarba rea nu crește, nici realitatea nu contează. Iar dacă totuși ghinionul face ca partenerul să fie mai nesimțitor de felul lui, atunci duduia compensează neconsolată cu niște postări improvizate, copiate sau Photoshop-ate, că doar imaginea este esența și este motorul vieții! Fericirea mimată, nu cea reală, atârnă mai greu în balanță...

Uneori, am senzația că multe dintre femeile pe care le cunosc (și le compătimesc pentru asta, însă sunt, în exclusivitate, alegerea, decizia și destinul lor) preferă să-și trăiască viața ca într-un continuu *reality show,* în care „joacă" roluri ce li se potrivesc și nu prea, zâmbind forțat, prefăcându-se doar ca „să dea bine la public" și înghesuind mască peste mască, doar-doar pot camufla jalea în care li se zvârcolește sufletul chinuit. E ca și când ar purta o rochie scumpă, cu spatele gol, peste capotul slinos de casă pe care nu l-au mai spălat de o eternitate.

Și... ce dacă? E Ziua Îndrăgostiților, e Dragobetele, e 1 Martie sau e Ziua Femeii și e musai să se alinieze la trend și s-o ardă romantic, iubite și extraordinar de fericite... Iar în ziua următoare, circul își încheie reprezentația, își strânge catrafusele și se retrage discret, iubirea pălește, dar aparențele încă își trag seva din recentul efort artistic de mistificare a propriei vieți.

Nu... nu pot și nici nu vreau să înțeleg sau să particip cumva la toate acestea.

***

Îmi scrie *Curvarul*. Nu știu de unde mi-a aflat adresa de e-mail, dar văd că nu se sfiește s-o invadeze. Probabil că modul în care s-a încheiat ultima noastră discuție nu i-a dat pace. Îmi scrie așa:

„Dragă Anays,

să nu te mire și să nu te deranjeze că îndrăznesc să-ți scriu. Dar simt că noi mai avem multe de discutat și de lămurit. Nu ți-am dat ocazia să vezi, până la capăt, cine sunt, nu mi-ai dat ocazia să-ți explic cum gândim noi, bărbații.

Vedem o femeie frumoasă și suntem în stare de multe pentru a ajunge în patul ei! Dacă i-am pune sub lupă corpul și am aprofunda realitatea, oare ne-am mai gândi la o partidă de sex cu ea? Cu siguranță, nu! În concluzie, venim dotați cu o percepție croită pe măsura gradului nostru de acceptabilitate. Simțurile noastre sunt subiective și totuși concepute la o scală perfectă pentru a ne înmulți și a duce mai departe specia. La capitolul inteligență, stăm bine! Aparținem doar celei mai evoluate specii de pe pământ, deși nu înțelegem în totalitate nici măcar limbajul animalelor. Cert este că noi, bărbații, suntem forța maximă în universul nostru! Această siguranță ne permite să ducem o viață liniștită și celulele noastre să fie capabile să ne poarte focul. Să iubim și să ne înmulțim. Toate poveștile de iubire sunt tributare acestui fenomen! Toate idilele noastre terminate cu sex sunt încercările sufletului de a se multiplica, înțelegi? Așadar, nu există «vină»...

Iar ulterior, totul este împărțit și triat în fragmente desprinse din context, acceptate sau nu de societatea ce ne găzduiește temporar în brațele ei. Regulile sunt cum sunt, le-am făcut în timp și le îmbunătățim din mers, ce altă soluție avem? Totul este o năzuință spre un potențial mai bine... se spune. Hai să fim serioși! De fapt, totul este un haos din care doar cei ce încearcă au dreptul la a savura victoria! Și ce este, până la urmă, victoria asta râvnită? De cele mai multe ori, răspunsul este unul banal: un cămin, o masă caldă și un așternut curat unde să găsim forța necesară unei noi zile. Majoritatea tânjește după așa ceva, chiar dacă nu recunoaște! Și totuși, odată ce avem câștigate aceste drepturi... ei bine, ne plictisim! Da, pentru că haosul din suflet este permanent și pentru că legile existenței nu au fost scrise de noi, iar cele ale societății sunt așa cum îți spuneam.

Ce zici, te-am convins?

Uite, ca să vezi că sunt sincer cu tine până la capăt, îți mărturisesc: cu genul acesta de teorie, poți cuceri ușor atenția unei femei. Este sinceră, chiar dacă intențiile din spatele ei, nu tocmai. Cu siguranță, însă, îmi garantează patul plin și o noapte bogată!

Dar eu nu vreau să te cuceresc așa, Anays. Nu vreau să te cuceresc ca pe o femeie de pat și nimic mai mult. Eu vreau să-ți cuceresc mintea, să-ți deslușesc sufletul și abia apoi orice altceva. Și-ți jur că nu este vorba de vreo strategie acum, ci de... adevăr.

Tu mai crezi, Anays, că oamenii ca mine și ca tine mai au capacitatea de a spune adevărul?".

Și e-mailul se încheie aici, la fel de brusc precum a debutat. Nu mă interesează elucubrațiile lui, însă ultima întrebare mă arde. Și asta, pentru că nu este deloc retorică, ci provocatoare. Nu-i voi da satisfacție și nu-i voi răspunde, dar dacă ar fi s-o fac, i-aș spune doar atât: că nu știu cum sunt oamenii ca „el", pentru că între noi doi nu există nicio asemănare, iar supoziția asta nu face decât să mă jignească – și nu ar fi pentru prima dată – dar eu sunt cine sunt azi tocmai pentru că am ales adevărul în detrimentul unor minciuni mai mult sau mai puțin convenționale, mai mult sau mai puțin pioase, mai mult sau mai puțin necesare.

Nu este un drum la îndemâna oricui, dar libertatea pe care ți-o oferă nu se compară cu absolut nimic!

***

Mi-am adus aminte de una dintre cele mai rușinoase experiențe pe care le-am trăit vreodată. Chiar înainte de N. Chiar înainte de pierderea iremediabilă a inocenței, dar după ce începusem să cred că deja cunosc multe dintre tainele iubirii. Aiurea! Habar nu aveam pe ce lume sunt. Și nu am o problemă în a recunoaște, o dată în plus, că...

O femeie, oricât de puternică și de „rea” crede că este, nu trebuie niciodată să-și ascundă devenirea, nu trebuie să se renege și nici să se jeneze de cine a fost sau de ce a făcut.

Toate etapele au un rost în viața noastră, toate etapele sunt necesare și fără oricare dintre ele, astăzi am fi altcineva.

Așadar, eu și el. Câțiva ani încercase să-mi intre în grații, dar fără rezultat. Nu aveam timp de el, deși nu pot spune că-mi displăcea, dar mereu fie aveam alte priorități, fie iubeam un alt bărbat. Mă rog, iubeam... mă îndrăgostisem la suprafață de niște ochi cam bulbucați, dar albaștri și de niște picioare lungi și frumoase. Însă, în afară de un sărut la o petrecere – și acela din greșeală –

nu s-a întâmplat nimic între noi. El era mai mare decât mine și probabil că, de la înălțimea vârstei și experienței lui, eu nu eram decât o mucoasă în plus căreia îi curgeau balele după el. În schimb, eu credeam că sunt îndrăgostită și respinsă, ceea ce impunea, din start, răzbunare. Și cum e cel mai simplu să te răzbuni pe persoana iubită, dacă nu folosind uzatul truc al înșelatului demonstrativ? Bine, în cazul meu, era mult spus „înșelat", întrucât nu aveam nicio relație, în afară de aceea care îmi popula creierii, fără nicio legătură cu realitatea. Și atunci, în „înțelepciunea" mea de femeie necoaptă și, tocmai de aceea, sigură pe deciziile ei cele mai proaste, am hotărât să-i arăt eu lui și să-i dau o șansă fix celui ce de atâta timp nu reușea deloc să-mi intre în grații. Nu mă interesa că, între timp, intrase într-o relație, în capul meu era, desigur, doar o relație-pansament – fapt pe care nu a apucat să mi-l confirme sau infirme nimeni, nici măcar el. Eu eram sigură de farmecul meu și de puterea pe care acesta îl avea asupra bietului tânăr, așa că, atunci când s-a ivit prima ocazie, am făcut astfel încât să mă invite la el acasă. Motivul era unul cusut cu ață albă, evident, așa că eram sigură că știa ce avea să urmeze. Mă așteptam să fie în culmea fericirii. Și, într-un fel, chiar a fost. Nu m-a întrebat nimic, știa foarte bine povestea mea, dar așa cum eu nu voiam să știu detalii despre relația lui, mi s-a părut firesc ca nici el să nu mă întrebe nimic. Cu alte cuvinte, nu am bănuit nimic.

Am ajuns la el, m-a invitat înăuntru și m-a sărutat regulamentar, pe ambii obraji. Am intrat și am adus în prim-plan pretextul, iar el mi-a intrat în joc. M-a servit cu ceva și... nimic. Ne învârteam în gol, unul în jurul altuia, deja epuizasem toate subiectele posibile de discuție, mai ales că nici nu prea aveam noi prea multe, așadar, se impunea să fac ceva... Mi-am luat inima în dinți și am preluat inițiativa. Eram așezați periculos de aproape unul de altul, pe o canapea tare comodă și îmbietoare. Nu mi-a fost greu să-l atrag în cursă și pentru că, din timiditate, continua să fie reținut, în timp ce ne sărutam, l-am îndepărtat puțin și... mi-am scos rochia ușoară, de vară, rămânând doar în chiloți. M-a privit emoționat, înmărmurit, nevenindu-i să creadă că este aievea. Că totul chiar i se întâmplă în realitate, după atâta timp de visat în gol, după atâtea suspine și atâta dor irosit... Și a rămas așa, stană de piatră, doar ochi și uimire. L-am tras peste mine, timpul alocat șocului expirase. Însă el s-a smuls neașteptat de vioi și, fără să-și poată lua totuși ochii de la sânii mei, mi-a spus:

- Nu... îmi pare rău. Nu se poate. Nu pot... Adică... pot, dar nu vreau!

- Poftim? Ce bălmăjești acolo, ți-ai pierdut mințilc?, am sărit ca arsă. Nu ți-e rușine? Am venit la tine, sunt dezbrăcată, m-am oferit toată, iar tu, după ce ai umblat atâta timp cu limba scoasă după mine, îmi spui că... nu poți, că nu vrei? Ce-i asta, îți bați joc de mine?

Și m-am ridicat ostentativ, făcând un pas către el.

- Îmbracă-te, te rog, mi-a spus moale. Nu mai insista. Nu așa. Știu că nu vrei decât să te răzbuni pe el, iar eu nu vreau să fii a mea doar din cauza asta. Nu...

- Ești prost? Ce contează?

- Uite că pentru mine contează. Nu te vreau așa și cu asta basta...

Am rămas blocată. Nu îmi putusem imagina vreodată că tocmai el ar putea să mă umilească atât de mult. M-am îmbrăcat grăbită, cu lacrimile curgând șiroaie neostoite pe obraji, mi-am înșfăcat poșeta și am ieșit, desigur, trântind ușa și nu înainte de a-i mai adresa cuvântul. Măcar atât, să am ultimul cuvânt, nu că asta ar fi putut compensa cumva rușinea cumplită pe care o resimțeam.

- Nu cumva tu te răzbuni acum pe mine, umilindu-mă și, culmea, mai ai și senzația că ești mai breaz decât mine, corect? Mi-e milă de sufletul tău meschin. Adio!

Da, mi-am făcut o ieșire teatrală și am avut ultimul cuvânt, dar ce folos? Mult timp după aceea, nu am reușit să scap de gustul umilinței. El nu a mai avut curajul nici să se apropie de mine, iar eu oricum îl evitam doar pentru că îmi aducea aminte de greșeala făcută.

Ei bine, da, am făcut greșeli. Multe greșeli. Pe care mi le asum. Asta am fost, așa am crescut, asta sunt. Din greșeală în greșeală, din încercare în încercare, dintr-o legătură în alta până când mi-am întâlnit blestemul și de acolo, îmi știți deja povestea întreagă...

***

În fața iubirii, precum în fața morții, te prezinți cu socotelile trecutului încheiate.

***

Și-a venit ziua aceea. ACEEA!

Neanunțată.

Aveam de făcut mai multe drumuri în oraş şi mă grăbeam. Comandasem un taxi, dar nu ajunsese la ora stabilită şi nu avcam timp să stau după toți neserioşii, mai ales că scuza cu traficul complicat nu prea se potrivea cu ora prânzului. Aşa că am mers direct la stația de taxiuri şi m-am urcat în prima maşină disponibilă, fără să mă uit şi fără să mă intereseze cine era la volan. Recunosc, când sunt centrată pe ceva, tot ce e în jurul meu devine decor. Inclusiv oamenii. Am spus politicos, dar rece și oarecum imperativ adresa la care aveam nevoie să ajung destul de repede și mi-am vârât instantaneu nasul în telefon. Dar pe cât de repede l-am vârât, pe atât de alarmată l-am și scos, căci bărbatul de la volan mi se adresase. Nu am înțeles ce dorește inițial, căci vocea lui mi-a băgat, instantaneu, neuronii în extaz. Nu are rost s-o descriu, să umplu pagina de epitete, doar ca să reproduc o senzație de nereprodus. Dar am simțit-o implântându-se lent, mângâindu-mi auzul, apoi carnea caldă și sânii brusc îngreunați, ca două globuri cu viață proprie, și alunecând amenințător spre pelvis.

Mi-a adus vag aminte de o altă voce și de o altă experiență neîntâmplată până la capăt, dar acum totul părea mult mai firesc, coborât de pe scenă, în plan imediat, palpabil.

L-am rugat să repete. Și senzația... s-a repetat și ea. Am făcut un efort și am înțeles că mă întreabă pe unde doresc să mergem. I-am spus cu glasul ușor întretăiat de o emoție necunoscută că las la latitudinea lui, că am încredere în instinctul lui de șofer, că... și încă un compliment sau două destul de deplasate, dacă este să judecăm situația în ansamblu. M-a privit întrebător în oglinda retrovizoare și așa i-am zărit ochii și zâmbetul. Era surprins, dar nu foarte, sunt convinsă că văzuse destul de multe nebune la viața lui ca să-l mai mire una în plus. I-am întors zâmbetul și mi-a făcut cu ochiul. Fiorul și-a reluat călătoria prin vintre. Pentru toate este o prima dată. Și pentru a te excita vocea, ochii și zâmbetul unui tânăr și necunoscut șofer de taxi. Căci, cu siguranță, era cu câțiva ani buni mai tânăr decât mine. Dar acesta este un aspect irelevant, întotdeauna a fost.

M-a mai întrebat câte ceva pe parcursul călătoriei, privind insistent în oglinda retrovizoare. Îi răspundeam cu aceeași privire fixă și plină, în timp ce mâna mea stângă, mai mult sau mai puțin discretă, își începuse, pe cont propriu, o explorare interzisă. Știam că mă vede și asta mă incita la culme. Intrase pe o stradă lăturalnică, habar nu am dacă în apropiere sau nu de destinație, pentru că, dintr-odată, nu mă mai grăbeam. A încetinit, dar fără să oprească, conducând mai mult cu privirea la mine. Știa ce fac, dar a reușit cumva să se controleze și să-mi spună, poate când aveam mai multă nevoie de el:

- Data viitoare, te ajut eu...

- Da! Da! Da!

...și apoi am izbucnit amândoi în râs!

Ok, ce se întâmplase? M-am urcat într-un taxi și m-am masturbat, fără ca bărbatul care-mi provocase toată nebunia să fi avut vreo vină sau participare. Sau măcar vreo intenție, vreun cuvânt sau gest, orice cu substrat sexual care să mă fi incitat și de care să mă pot folosi ca justificare. Nimic din toate astea. Doar eu, în plenitudinea inconștienței de care dau uneori dovadă, în ciuda faptului că nu am trăit chiar degeaba...

Suntem un amestec incredibil de naivitate și perversiune, de inconștiență și maturitate, de prostie și înțelepciune. Și mereu vom fi așa, singurul care se schimbă de-a lungul vieții este... dozajul.

Nu știam ce ar fi putut să urmeze acum, cert este că, dintr-un motiv pe care nu mi-l explic nici azi, nu mă simțeam deloc rușinată. Evident că nu mai aveam niciun chef de treburile zilei, căci tot ceea ce păruse urgent în urmă cu nicio oră, acum mi se părea complet lipsit de importanță. Trăiam, chiar și pentru o femeie cu un trecut ca al meu, o situație nouă, inedită. Exact atunci când crezi că nu te mai poți surprinde pe tine însuți/însăți cu nimic, ai o surpriză de proporții care-ți poate da lumea peste cap cât ai clipi.

Recunosc că nu m-am gândit nicio clipă la ce va face bărbatul din fața mea. Ar fi putut să încerce să mă violeze, ar fi putut chema poliția, ar fi putut... ar fi putut să facă multe, ar fi putut avea diferite reacții și nu neapărat dezirabile, dar... nu a făcut nimic din toate acestea! Evident că spectacolul îl incitase și sunt convinsă că ar fi vrut mai mult, dar, ca să nu strice ceva din bizareria momentului, a preferat să continue să conducă încet, aiurea prin oraș.

Într-un târziu, l-am rugat să oprească în fața unui restaurant și l-am invitat să luăm masa împreună. Ofertă de nerefuzat, nu?

Și eu care credeam că, în sfârșit... dar ce mai contează?

***

Dacă nu știi sau nu poți să-ți trăiești viața, joac-o! Ca pe un rol într-o scenetă. Dar ai grijă măcar să-ți alegi un rol mișto, bine?

Oare eu asta fac cu viața mea? Simțeam că nu mai sunt ispite pentru mine, că am fumat ce era de fumat, că am iubit ce era de iubit, că am... ce era de... și totuși... nu e așa. Ba, mai mult, mă tem că tânărul și îngăduitorul șofer de taxi, acest bărbat străin despre care nici nu știu deocamdată prea multe, să nu fie chiar... El. Nu am ajuns la concluzia asta cât ai bate din palme, dar problema este că am ajuns. Nu-i dau numele. O să-i spun numai așa. El.

***

Totul se petrecuse extrem de rapid și de imprevizibil. Simțeam că sunt deja intimă cu necunoscutul căruia m-aș fi putut dărui pe loc, căci, într-un fel înțeles doar de mine, deja o făcusem. Avea să fie primul bărbat în prezența căruia am luat-o razna așa... Ce ciudat, o premieră în viața mea, în epoca post-N!

Am pășit în restaurant umăr lângă umăr... Puține cuvinte și greu de reprodus, întrucât eu nu mai procesam înțelesul lor, ci le frământam forma sonoră ce mă învelea într-un cocon de senzualitate. Am intrat în restaurant și am ieșit în secunda în care el m-a luat de mână. În fond, puteam la fel de bine mânca și... după.

I-am spus doar „hotel" și el a înțeles. Și-a dezactivat stația, a scos însemnele de taxi și a oprit la cel mai apropiat hotel. Urmau formalitățile de la recepție pentru care nu mai aveam deloc răbdare. Vag mi-am amintit de-un moment similar, dar acum nu-mi mai ardea de spectacole gratuite pentru vindecat coșurile imberbilor, căci eu însămi ardeam într-un fel în care îmi jurasem să n-o mai fac vreodată, dar la care jinduiam precum orice femeie. A fost momentul în care anunțatele renunțări la ziduri, arme și cetăți sufletești chiar începeau să devină realitate.

Și în timp ce el lua camera, eu îi stăteam alături, precum o proaspătă soție, frământând dor și nerăbdare, decent și, până la urmă, atât de impropriu mie, celei din ultimii... nici nu mai știu câți ani. Nu era prima dată când mă culcam cu un necunoscut, dar avea să fie prima dată când urma să fac dragoste cu unul. Îl simțeam fără să mă atingă și-mi doream să prelungesc agonia așteptării al cărei nectar îl găseam mai dulce decât pe cel al împlinirii înseși. Nu puteam gândi limpede, nici nu voiam asta și nici nu era momentul. Bărbatul tânăr, frumos și cu gesturi calculate, de o politețe deloc mimată, reușise să-mblânzească scorpia și el nici măcar nu avea habar. În acel moment, nu mă interesa dacă pentru el aveam să rămân aventura de-o oră sau nu, mă interesa doar să trăiesc până la ultima fibră a prezentului tot ceea ce mi se întâmpla.

Nu cred în dragoste la prima vedere nici măcar atunci când mi se întâmplă! Dar asta nu mă împiedică să sorb totul cu lăcomie, că nu degeaba sunt vie!

***

Pe bărbați îi cunoști cel mai bine după modul în care se comportă cu femeile. Își dau rapid arama pe față prin felul în care vorbesc, gesticulează, privesc, mint, își controlează (sau nu) pornirile instinctuale în preajma unei femei, față de care nu vor altceva decât să-și arate fala.

Sunt bărbați pentru care bădărănia, proasta creștere și lipsa acută de bun- simț fac casă bună cu ceea ce-și închipuie ei că ar fi apanajul unui mascul adevărat. Și, pe deasupra, sunt convinși că astfel vor impresiona, irevocabil, orice femeie întâlnesc.

Sunt bărbați care nu au capacitatea de a înțelege că o femeie nu le este sub nicio formă inferioară și că suprema ei fericire nu constă în a fi băgată în seamă de ei, chiar dacă nu le acordă nici cea mai vagă urmă de respect sau considerare.

Sunt bărbați pentru care femeia nu este decât un obiect fără sentimente ce poate fi folosit după bunul lor plac. Eventual, de *unică folosință,* pentru că apoi se dispensează de ea, fără scrupule, doar pentru că, între timp, a apărut altceva mai interesant.

Sunt bărbați pentru care femeia este un sac fără fund, în care poți să torni, fără repercusiuni, orice manifestare, orice ieșire în decor, indiferent cât de grosolană și deplasată. Căci datoria ei este să nu cârtească niciodată, să asculte şi să execute.

Sunt bărbaţi pentru care femeia reprezintă coşul personal de gunoi în care arunci cu obidă frustrările, nemulţumirile şi supărările acumulate peste zi în probleme complet străine de ea.

Sunt bărbaţi pentru care femeia nu este altceva decât menajeră, bucătăreasă, bonă, obiect sexual, infirmieră şi lista poate continua. Sau, pe scurt, executantă la cratiţă sau la pat, după necesităţi, iar ei tot ce trebuie să facă este doar să vrea, să întindă mâna şi să ia.

...şi mai sunt şi bărbaţi de care toate acestea sunt străine. Ei bine, pe aceia să-i căutaţi, chiar dacă, aparent, nu au sclipici, nu sunt şmecheri şi nici populari şi parcă nici nu prea v-ar atrage aşa de mult, că nu ştiu să-şi expună masculinitatea, precum fetele din vitrinele Cartierului Roşu din Amsterdam nurii.

***

Niciun vis nu e prea mare, trebuie doar să crezi... nu, nu în el, ci în tine!

***

Dorința mea de a mă mărita nu presupune că aș vrea astfel să devin „femeie respectabilă”. Detest termenul, mi se pare jignitor, mai ales că nu se referă, de fapt, la cât respect merită o femeie, ci la cât de supusă, umilă și umilită, slugă și preș este o astfel de femeie. Nu vreau ca prin căsătorie să mă transform în cine nu sunt, iar bărbatul care va avea curajul să mă vrea o să știe prea bine toate astea și o să fie și el, alături de mine, dispus să-și asume niște riscuri. Considerabile. Cum, de altfel, o facem cu toții atunci când ne asumăm o implicare serioasă într-o relație! Hai că am spus-o! Am depășit perioada când detestam acest cuvânt, deși asta nu înseamnă că motivele pentru care o făceam nu continuă să rămână, și azi, la fel de valabile.

Riscuri! Adrenalină! Emoție! Neliniște! Mereu te situezi cumva radical față de toate acestea - le cauți cu obstinație sau vrei să stai cât mai departe de ele. Însă nu există relație fără să le ia în calcul.

Mai ales riscul.

Riscul că, de fapt, nu-l cunoști și niciodată nu vei ajunge în situația de a-l cunoaște pe deplin pe omul de lângă tine.

Riscul că nici măcar pe tine nu te poți cunoaște suficient cât să știi la ce fel de reacții te poți aștepta din partea ta în anumite situații.

Riscul de a descoperi – și nu neapărat foarte curând – că nu numai relațiile pot fi toxice, ci și oamenii.

Ți se insinuează în viață și se lipesc de ea ca un parazit. Te sug de energie, cerând mereu câte ceva: timp, atenție, încurajări, sfaturi, bani… Te manipulează abil, pozând în oameni vulnerabili și fără apărare, deși aceasta nu este decât una dintre nenumăratele lor măști. Simți că legătura cu ei este una dăunătoare, dar nu te poți desprinde.

Oamenii toxici au sufletul chinuit, bolnav de te miri ce închipuiri contorsionate. Unii abordează stilul „nu mă lăsa, că mor", alții „nu mă lăsa, că te omor". Primii îți dau impresia că, dacă ai face-o, ai fi cel mai mare nemernic în viață și că, fără tine, s-ar prăbuși, pe când ceilalți îți dau senzația că dacă te-ai desprinde, te-ar urmări toată viața pentru a se răzbuna. Cât mai rău. Și unii, și alții sunt oameni dezechilibrați, lipsiți de puterea de a-și trăi pe propriile picioare viața și atunci mușcă fără grijă din cei din jur, în calitate de prieteni sau parteneri de viață.

Oamenii toxici te lasă vlăguit de viață, te obosesc până la paroxism, cer de la o zi la alta tot mai mult și, în schimb, nu oferă absolut nimic. Nici măcar iluzia unei relații echitabile, indiferent de natura acesteia. Sunt imprevizibili, enervant de labili, mincinoși. Numai ei au dreptate, iar dacă îi contrazici, sunt vehemenți, oscilând între criza de isterie și cea de personalitate.

Ca prieteni, sunt precum viermii intestinali, nu te lasă să trăiești, dar nici nu te omoară, iar ca parteneri de viață sunt precum canibalii: se hrănesc cu tine și, nu de puține ori, reușesc să te convingă că, de fapt, situația este exact invers. Tu ești cel cu probleme, care se agață, cu disperare, de un astfel de partener.

Oamenii toxici sunt conflictuali și egoiști. Nu sunt dispuși să recunoască în veci că au un comportament deviant, nici măcar când acesta trece în sfera patologicului. Și cu cât sunt mai mult tolerați, cu atât devin mai puternici și mai periculoși.

Oamenii toxici ne deformează, în primul rând, voința și curajul de a acționa, iar asta îi transformă în monștri cu chip uman.

Fiecare dintre noi știe dacă este sau nu înconjurat de astfel de oameni, așa cum fiecare știe, în sinea sa, dacă el însuși este un astfel de om, dar asta nu împiedică pe nimeni să continue, într-o inerție găunoasă, pe același drum bătătorit, din lene sau de teama ipoteticelor repercusiuni.

***

Care-i faza cu *bullshit-ul* că dacă îți dorești ceva Universul se execută? Hai că m-am țepuit și eu de câteva ori, sperând ca asta să fie o treabă cu măcar o sămânță de adevăr, dar m-am convins definitiv că este imposibil. Singurul care conspiră la îndeplinirea propriei dorințe ești chiar tu. Punct. *End of story.* Sau poate începutul ei, dacă faci ceea ce trebuie.

Asta gândeam eu în acel hotel, în drum spre camera noastră. Mergeam lângă El și-l simțeam prin haine cum vibrează. Mergeam tăcuți, unul lângă altul, fără să ne atingem și fără teama că nu am putea fi cumva prezenți, fără teama că ideile ne-ar putea cumva fugi sprințare te miri pe unde, căci țarcul electric în care se treziseră închise fără voia lor și fără acordul nostru își făcea de minune datoria. Nici noi nu aveam unde fugi, doar că atunci, încă nu știam asta!

Aveam senzația că nu mai ajungem... L-aș fi luat de mână și nu l-aș fi luat, aș fi vrut să mă ia el și nu aș fi vrut... doar din când în când, hainele noastre se atingeau indiferente și eu le invidiam profund...

Holurile pe care le străbăteam păreau infinite, pustii și ostile. Fremătam cu o neliniște vecină cu panica. Presimțeam, probabil...

În sfârșit, camera noastră. Deschide ușa și, galant, mă invită să intru. Îmi trece prin cap că încă nu-i știu numele, dar cine are nevoie de un nume?

Și iar îmi aduc aminte. Ce diferență... de ce oare nu mai conduc jocul? Deși, dacă stau bine să mă gândesc, eram amândoi acolo pentru că eu hotărâsem, El doar se prinsese în plasa mea, aparent inocent. Oare? Și, atunci, de ce aveam senzația că nu eu sunt cea care deține controlul aici?

A închis ușa în urma mea, și-a cerut scuze și a intrat la baie. Lipsa Lui a avut darul să mă scoată, momentan, din transă. În loc să raționez, să mă sperii sau să fug, mi-am aprins o țigară și am ieșit pe balcon. Ne aflam undeva sus și priveliștea era minunată, pentru că dădea spre unul dintre marile lacuri ale orașului. Nu mai aveam nicio oglindă în care să mă privesc, doar golul așternut dinaintea ochilor mei... Un gol care contrasta puternic cu furtuna ce mi se cocea sub piele.

L-am auzit că a ieșit din baie, am tresărit ușor, dar nu m-am mișcat. Am preferat să rămân pe loc, savurându-mi țigara, oarecum curioasă să văd ce face. Minutele ce ne-au separat ne-au transformat, la loc, în doi străini și mă temeam să nu se strecoare stânjeneala între noi.

Însă el a venit pe balcon, m-a luat în brațe pe la spate și a rămas cu mine așa, fără să-mi spună un cuvânt, doar adulmecându-mi părul și fumul de țigară. Îmbrățișarea lui m-a purtat prin tărâmuri interzise. Prin tărâmuri închise și abandonate, pe care le credeam uscate, infertile și demult devastate. Mă înșelasem în tot acest timp. În realitate, sufletul meu nu așteptase decât sămânța potrivită, momentul crucial, impulsul perfect pentru a readuce totul la viață. Și odată cu multitudinea de simțăminte amestecate ce se buluceau să-și înfigă victorioase steagul pe tot cuprinsul ființei mele, s-au întors și temerile...

Continua să mă strângă în brațe cu aceeași căldură, cu același calm și fără așteptări. Nimic sexual. Doar tandrețe. Doamne, câtă sete și nevoie de tandrețe aveam și nici măcar nu știam!

Când am terminat țigara, m-a luat iar de mână și firul roșu s-a desfășurat iar pe dinăuntrul meu, atingându-mi simultan toate terminațiile nervoase.

Hei, Anays, te-au mai ținut bărbați de mână, te-a mai ținut și Eva și te-a ținut și N, iubirea ta pierdută... de ce acum, de ce cu El?

Mă ține de mână și am senzația că i-am încredințat nu doar mâna, ci însuși viitorul meu. Apoi, în gând, mă contrazic ca o neroadă și-mi spun că, desigur, exagerez nepermis de mult și că hormonii mi-au luat-o razna. O să faceți sex și o să-ți treacă, îmi spun, dar nu am și puterea de a mă mistifica. Nu cred nicio iotă. Nu e cazul să opui rezistență, dezastrul e deja făcut...

...și monologul interior îmi este întrerupt de el, care mă ia în brațe, îmi ridică ușor bărbia cu două degete (ce teatral!, reușesc eu să mai râd în sinea mea, dar nu prea era râsul meu) și-mi spune:

- Ești frumoasă, ești nebună și extrem de vulnerabilă. Nu am cunoscut nicio femeie care să aibă atâta nevoie de ocrotire precum ai tu și care să se străduiască atât în a disimula. Cine nu are ochi de văzut nu vede, te asigur, însă eu...

Și înainte să apuc să protestez, să-i explic cine sunt, ce trecut car după mine, cât sunt de independentă și cum nu dau eu doi bani pe bărbați și câte și mai câte... începe să mă sărute, fără să-i mai pese că-și lăsase fraza în aer.

***

Te iubesc cu totul...
Cu prezentul și cu viitorul tău.
Trecutul nu mă interesează.

Te ia cu groază câte prostii zburdă libere despre ce ar putea face o femeie fericită. Majoritatea emise de bărbați care habar nu au pe ce lume trăiesc. Și din ignoranță sau din lene, preferă să le adune pe toate la un loc sub lema „lunii de pe cer". Cu alte cuvinte, să nu ne mai obosim, că este imposibil să faci o femeie fericită, pentru că, orice i-ai oferi, mereu este nemulțumită și mereu vrea mai mult... sau altceva. Aberații, desigur!

O femeie are nevoie de lucruri simple. Puține la număr și cât se poate de clare. Și numai atunci când este lipsită de ele, nimic nu o poate salva de la tristețe și deznădejde, indiferent de ce altceva ar primi ca înlocuitor.

În primul rând, o femeie are nevoie de sine. Are nevoie să se înțeleagă, să se iubească. Are nevoie de propria companie și compasiune. Nu am spus milă, da? Are nevoie să-și cunoască sufletul complicat, puternic și fragil în același timp, să afle ce vrea, de fapt, de la ea și pe urmă de la ceilalți. Are nevoie să se ierte și să-și devină prietenă, astfel încât singurătatea să n-o sperie și să n-o împingă la gesturi și decizii eronate. Are nevoie să-și accepte și să-și îndrăgească trupul, chiar dacă nu e perfect (și în ochii unei femei, niciodată nu este!).

O femeie are nevoie de liniște și de echilibru pe care încrederea și iubirea i le pot oferi. Pentru că are nevoie să simtă (și nu doar să știe!) că este iubită. Are nevoie de tandrețe ca de hrana zilnică, are nevoie de îmbrățișare, de sărut și de declarații. Nu subestimați puterea cuvântului! Nu fiți parcimonioși cu declarațiile. Nu, nu e suficient că „știe ea". Ei trebuie să i se spună, să i se arate, să i se demonstreze. Și nu ține de superficialitate și de o posibilă lipsă de înțelegere a profunzimii sentimentelor celuilalt, ci de nevoia acută de a verbaliza, de a trăi iubirea prin toate simțurile, inclusiv prin cel al auzului.

O femeie are nevoie să se poată oglindi întreagă în ochii celui (celei!) pe care îl (o) iubește și să se vadă atât de frumoasă, cum niciodată nu a crezut despre sine că ar putea fi.

Are nevoie să se simtă liberă și că aparține. În același timp! Că face parte din indestructibila unitate de doi care stă la baza fiecărei respirații, a fiecărei zile, a fiecărui pas... Are nevoie să spere că va ajunge aici, indiferent de eșecurile (lecțiile!) prin care a trecut până acum... Are nevoie, în egală măsură, de iluzie și de concret!

Ne hrănim cu iluzii, deși avem nevoie de certitudini. Dar, cumva, în mod inexplicabil, iluziile ne salvează...

...dar atunci când este lipsită de toate acestea și nici puterea de a mai spera și de a mai căuta nu mai dă semne vitale, femeia devine arțăgoasă, mofturoasă și greu de înțeles și de mulțumit, mințind că doar „luna de pe cer” ar face-o fericită.

Nici eu nu aveam nevoie de altceva pentru a fi fericită, deși atâta timp mi le-am negat, alergând printre trupuri goale, printre senzații și aventuri fără finalitate, pășind peste cadavrele unor relații care ar fi putut să fie și nu au fost, dezvelindu-mi prea repede trupul, dar niciodată inima.

Și acum?

***

Acum mă sărutam ca o adolescentă, excitată și speriată de revoluția pe care fluidele corporale o pun la cale, ca pe un act de trădare a purității, ca pe un manifest de abandonare a virginității. Exact asta am făcut. Ne-am sărutat până când nu ne-am mai simțit buzele, până când limbile și-au învățat zvârcolirile și ritmul, până când gusturile s-au amestecat și respirațiile s-au împreunat.

Și apoi ne-am oprit și am vorbit... Glasul lui a început să se așeze comod și molcom. Încă trimitea semnale senzuale, dar parcă acum își căuta, ca o pisică somnoroasă, loc cald pentru a se culcuși. Loc pe care l-a găsit rapid sub coastele mele în stânga, sus.

Cum poate un bărbat întreg la minte să accepte această întâmplare atât de nefirească? Cum poate un bărbat întreg la minte și la trup să nu se arunce ca o fiară asupra unei femei care i s-a oferit din prima clipă? Nu există decât un singur răspuns, și anume că amândoi eram contaminați de aceeași plagă.

Pentru că tot ce am făcut a fost să ne îmbrățișăm, să ne sărutăm și să vorbim. Despre cine suntem în prezent, fără întrebări indiscrete și fără incursiuni înapoi. Fără să ne mărturisim reciproc dacă ne aflam sau nu în vreo relație (și niciodată nu am aflat dacă atunci era singur sau nu, dar nici nu mi-am dorit vreodată să știu), fără să ne expunem reciproc CV-urile profesionale... cu alte cuvinte, fără bruiaje inutile.

Am făcut prima dată dragoste cu un bărbat fără să fac sex cu el.

***

Nu ne-am promis nimic. Ne-am despărțit împărtășindu-ne doar numele. Simțeam amândoi nevoia de timp, să înțelegem ce a fost. M-a dus acasă și, la despărțire, mi-a sărutat mâna. Pe El, ei bine, pe El am știut că-l voi aduce la mine. Nu acum, dar curând. Acum era momentul curățeniei. Fiecare, în viața lui. Știam că și însurat să fi fost, ar fi ales soluția cinstită față de toți. Știam sau asta era realitatea în care îmi plăcea să cred. Momentan, totuna.

Iar eu, amanta prin excelență, femeia ce se dăruia cu aplomb și plăcere pur carnală, să-mi primenesc viața pentru începutul ce se anunța monumental. Ei bine, mărturisesc că atunci am avut, din nou, așteptări! Și asta, într-un fel, m-a bucurat, pentru că am simțit că mă reumanizează.

Ok, mi-am spus, îți mai acord o șansă, cel mai probabil ultima. Ai suflet de fecioară și trup de târfă, iar combinația lor este letală pentru orice bărbat, dar numai cel ce va ști cum să te iubească te va putea avea, în adevăratul sens al cuvântului. Nu contează pentru cât, căci toate pe lumea asta au termen de expirare, să nu uiți, Anays! Dar El te va avea ca iubită, ca parteneră, ca pereche... iar asta este, până la urmă, tot ceea ce contează, femeie! Nu te gândi dacă merită sau nu viitoarea suferință, inerentă actului iubirii, doar fii pregătită, din nou, s-o asimilezi. Acum va fi și mai greu, dar vei supraviețui.

La final, cu ce vrei să rămâi?
Cu nopți aprinse, dar goale de sens?
Cu amintirea unui cinism contrafăcut?
Cu carnea sătulă și sufletul flămând?

***

Ne-am revăzut peste trei săptămâni. I-am recunoscut mașina în stația de taxiuri, deși nu aș fi crezut că sunt capabilă să recunosc un taxi din mulțimea de mașini galbene cu semne identice. Și nu, nu îi reținusem numărul. Ceva ce nu știu explica. Știu doar că era El. Și atât.

M-am urcat în mașină, exact ca data trecută, tot în spate. De data asta, destinația mea era una singură: El. Am avut senzația clară că m-a așteptat și asta pentru că, înainte să deschid eu gura, m-a invitat să luăm prânzul împreună.

- Dar acum chiar mâncăm, bine?

Am râs iar, amândoi, roșind vizibil, și asta pentru că ne-am adus aminte, simultan, de motivul pentru care râsesem pentru prima dată împreună.

- Nu e timpul pierdut, i-am spus și m-a înțeles.

***

De data asta, dorința avusese suficient timp să se maturizeze. Nu mai erau impulsul și nebunia de moment, ci rezultatul dorului pe care chiar i L-am dus în aceste zile. Dacă inițial m-am entuziasmat și am decis să mă arunc din nou în vulcanul activ al unei posibile povești de iubire, ulterior, la câteva zile, mi-am tras două palme și m-am răzgândit. Nu, nu se poate. De unde și până unde această repetată capitulare definitivă? În fond, e un necunoscut. Poate fi un psihopat, un turbat, un nebun, un... și lista din mintea mea se derula cu o viteză tot mai mare, până când am pierdut șirul, dar nu credeam o iotă din ce-mi trecea prin cap.

Și atunci, am decis să iau atitudine!

Orice „fată rea" ascunde o traumă încă nevindecată!

M-am gândit bine și mi-am dat seama că nu există decât un unic test, unul singur... pe care, dacă îl trec, înseamnă că, într-adevăr, nu forțez lucrurile, nu trag de ele și nu le oblig să se întâmple, ci ele vin spre mine într-o scurgere firească, singura care chiar înseamnă ceva. Ceva ce nu aș fi dorit și nici nu aș fi crezut că voi mai fi capabilă să trăiesc în viața asta.

Da, chiar am făcut-o!

L-am căutat pe... N!

Am făcut ce nu mai făcusem de mulți ani. Aveam senzația că îmi smulg hainele de pe mine și că-mi dezvălui pieptul alb în fața cuțitului unui criminal de stradă ce mă surprinsese singură, într-o noapte sinistră, într-un cartier famat. Iar eu, în loc să fug, mergeam spre el, indicându-i cu degetele locul precis unde să înfigă mortala armă. Asta era pentru mine reîntâlnirea cu N, față în față! Dar trebuia s-o fac!

Dacă mi-ai fi spus în urmă cu foarte puțin timp că toate se vor răsuci astfel încât să capete noi forme și semnificații de pe o zi pe alta, nu numai că nu te-aș fi crezut, ci te-aș fi și scuipat, trufașă, între ochi, spunându-ți că habar nu ai cu cine vorbești și că nu o cunoști deloc pe Anays! Și când colo, rezultă că, de fapt, eu sunt cea care habar nu avea de ce poate fi în stare.

Știam deja că N este în oraș, nu uitasem încă întâlnirea de pe trecerea de pietoni, dar rămăsese arhivată la un loc cu amintirile obișnuite și asta mi se părea grozav. Totuși, dacă hotărâsem să-l caut, rezulta că, iată, nu (mai) am încredere în ce-mi poate pielea și e de preferat să verific cu propriii ochi și cu propriile simțuri.

Am început să-l caut acolo unde ai cele mai mari șanse să găsești diferiți oameni din trecutul tău: pe rețelele de socializare. Înainte, nu avea cont, dar mai știi? Oamenii se schimbă, eu fiind cel mai bun exemplu în acest sens. Nu l-am găsit pe el, dar am găsit niște vechi prieteni comuni. Am analizat cu grijă conturile fiecăruia și am decis să-l contactez doar pe unul dintre ei, sub un pretext menit să-mi asigure o vagă acoperire, doar pentru a nu-mi strica surpriza, nu că mi-ar fi păsat de altceva. Mi-a răspuns peste câteva ore și, după formalitățile de rigoare în cadrul cărora am încercat să-i ofer cât mai puține detalii despre viața mea, am reușit să aflu un număr de telefon. Aveam noroc, intuiția nu-mi jucase (nici de data asta) feste. Cei doi chiar păstraseră legătura de-a lungul timpului și, cu toate abilitățile mele de comunicare, la cât de uimit a fost și la ce reacții a avut în scris, se impunea să sun pe loc, altfel mi-ar fi luat-o, cu siguranță, înainte. Deși nu am întrebat nimic despre N, tot am primit informații nesolicitate. Trunchiate și incomplete. Cum e mai rău! Nu am reținut decât că, pe cât de rău i-a fost la un moment dat (nu mi-a pomenit de internare nimic, dar mi-am dat seama că știa, evident), pe atât de bine îi este acum. Are o iubită stabilă de ceva timp și posibil ca, în sfârșit, să se căsătorească.

Recunosc că eu, cea de acum, am ezitat o secundă dacă să îmi duc sau nu planul până la capăt. Brusc mă interesa de posibile victime colaterale. Apoi, mi-am dat seama că, de fapt, îi fac un serviciu. Le fac, mai bine zis. Sau, mă rog, toată povestea poate fi considerată un serviciu pentru noi toți cei implicați, căci în funcție de reacțiile pe care le vom avea, vom ști cu precizie dacă e cazul să intrăm într-o relație reală sau nu este vorba decât, ca de obicei, de te miri ce surogat sau modalitate de petrecere a timpului liber. Așa că am tras aer în piept și l-am sunat.

A răspuns destul de repede, un „alo" distrat și neatent. M-am hotărât să fiu scurtă și la obiect. Să nu mă întind la depănat amintiri, nici comune, nici din viața de după el, și nici să nu pun vreo întrebare dintre cele pe care aveam de gând să i le adresez față în față.

- Bună seara, N. Sunt Anays și aș vrea să ne vedem.

Șoc. Tăcere. Respirație sacadată.

Doar nu mi-o face vreun infarct, gândesc și aproape că nu chicotesc în telefon, așteptând ca N să-și revină atât cât să poată articula două cuvinte.

- Anays? Tu ești? Doamne, nu pot să cred...

- Eu și vreau să te văd... Mă rog, trebuie să ne vedem. Lăsăm șocul regăsirii pentru când ne vom întâlni, ce zici?

- Da, da... sigur, adică, da, clar. Când?

- Mâine, la 8. Seara, desigur. La... nu, mai bine la mine. Așa vom putea discuta fără să ne deranjeze nimeni. Mai știi unde stau?

- Normal... o să fiu acolo, iub... Anays, scuze, scuze...

- Te aștept.

Și i-am închis, nu fără un oarecare nod în gât. Dar eram mulțumită. Știu că am declarat că N e mort pentru mine – și chiar eram convinsă de asta –, dar încă nu-i văzusem cu ochii mei „cadavrul" și acum îmi cășunase – nu fără motiv – să-l „verific".

***

Nu subestima forța unei femei care tocmai și-a șters ultima lacrimă.

A unei femei care s-a întors din iad și care nu a venit înapoi cu mâna goală. Accesam arhiva cu amintirile legate de iubirea cu N și scrisorile îmi reveniseră în memorie claie peste grămadă, încălecându-se ale lui cu ale mele. Reveniseră și momentele fericite, și cele cumplite, treptat, revenise totul la locul ocupat acum o veșnicie și eram curioasă să văd cum mă voi raporta la toate astea cât de curând.

Cu ce rămâi după ce nu mai ai nimic? *Cu ce e mai important: cu tine!*

Eu nu mai voiam acum decât să (mă) verific... ultima furtună clătinase totul de la bază, așa că încrederea mea era o idee derutată. Pe de altă parte, ok, recunosc, nu m-am transformat în înger peste noapte. Eram și curioasă să-l văd cum arată. Să văd cine a devenit. Să mă lămuresc dacă, rămânând, aș mai fi putut să-l iubesc sau nu până acum. Mă rog, să simt dacă acum ar mai fi fost posibil să-mi stârnească... măcar interesul... și poate și pentru că, inexplicabil, pe el nu-mi prea venea să-l înscriu cu drepturi depline în „clubul foștilor”, deși acolo îi era clar locul. Dar după tot ce se va întâmpla între noi, nu o să mai ezit. Știu asta...

***

„Ce ați făcut cu iubirile vechi? Le-ați aruncat sau le-ați păstrat în albumul de familie? Sunt ele întâmplări fără importanță sau hotar al devenirii voastre? Haideți, nu vă rușinați de cine sunteți cu adevărat...”, scriam asta

demult... tare demult. Atunci când nu aveam nicio „iubire veche”, îmi era simplu să arunc amenințător cu întrebări. Pentru mine, erau doar cuvinte și o curiozitate cu rol de premoniție, dar nu mai mult. Ulterior, de-a lungul timpului, am avut diferite răspunsuri de oferit la această întrebare. Oare ultimul este și cel definitiv? Nu știu, sunt sigură că voi afla diseară...

Dar... cum oare ar trebui să te pregătești de întâlnirea cu un trecut cu care ai făcut pace și acum vrei să pecetluiești această pace? Eu am recapitulat, pe scurt, întreaga istorie. Am verificat veridicitatea fiecărui argument personal și mi-am reconfirmat că deciziile luate au fost cele mai bune în contextul fiecărui moment, indiferent cum se văd ele acum, de la distanță.

Și a venit seara...

Și a venit și N...

***

Femeia este miezul lucrurilor, fie că ne place, fie că nu... Ea stă la baza existenței, obligată să fie puternică, deși o caracterizează o sensibilitate prea des pusă la încercare. De ce să-ți faci un titlu de glorie din această „putere” atât de prost înțeleasă de toată lumea? De ce să faci paradă de duritate, rezistență fără crâcnire în fața greutăților? Din a duce totul ca un bou înhămat la un car mult prea greu pentru puterile sale? Deloc elegantă comparație, nu-i așa?

Dar, din păcate, nu despre eleganța formei e vorba aici, ci despre eroarea de fond. Aia grosolană. Aia prin care se crede că femeia este „alfa și omega" prin *putere*. Pardon! Femeia menține echilibrul lumii prin delicatețe, înțelegere, iubire, compasiune, iertare...

Și atunci, de ce ai face o impietate atât de mare precum a supăra o femeie? E ca și cum ți-ai tăia singur craca de sub picioare, e ca și când ți-ai da singur foc la valiză, e ca și când ți-ai lipi țeava pistolului de tâmplă...

Cred că, în adânc, fiecare intuiește câte ceva din acest adevăr rudimentar, dar suntem mult prea ocupați cu răutățile mărunte, cu nimicurile strălucitoare, de parcă am fi niște coțofene neobosite, și ignorăm fără jenă realitatea ce stă să ne scoată ochii. Și apoi nu înțelegem de ce nu ne este bine. Nici nu are cum să ne fie!

Greșim cu toții, femei și bărbați, dar parcă bărbații au un talent aparte în a le greși femeilor și femeile în a-și greși lor înseși. Rezultatul? Cel pe care îl culegem în fiecare moment, cu fiecare cuvânt strâmb, cu fiecare gest eronat, cu fiecare gând bolnav, cu fiecare relație eșuată și viață distrusă.

Așa-i, N, că tu nu ai înțeles vreodată nimic din toate astea? M-aș bucura să mă contrazici doar pentru a ști că femeile ce mi-au urmat nu au cunoscut infernul meu.

***

Și a venit seara...

Și a venit și N...

A sunat la ușă folosind vechiul nostru cod. O glumă ca între foști iubiți sau dovada că el a venit din trecut, și nu din prezent? Nu contează. E problema lui. A intrat salutând reținut și a rămas privindu-mă, uitând să-mi ofere florile și vinul ce stăteau agățate de mâinile lui. Știam că acestea sunt momentele- cheie, așa că nu am schițat nici eu vreun gest. Am stat, pur și simplu, față în față și ne-am privit cu jumătate de zâmbet blocat undeva între uimire, surpriză, emoție și șoc. Al meu avea însă o componentă nouă, pe care nu o luasem complet în calcul: dezamăgire.

N îmbătrânise. Nimic nefiresc. Și-apoi, nu era esențial asta în întâlnirea noastră. Și eu... înaintasem în vârstă. Dar nu am putut să nu observ ridurile pronunțate din jurul ochilor și al gurii... În treacăt, mi-am confirmat că el fusese cel de pe trecerea de pietoni. Ochii, însă, erau aceiași, îmi vorbeau aceeași limbă veche, odată sacră în istoria noastră comună. Acum o recunoșteam, o apreciam ca pe o valoare perenă fără alte valențe, mai ales că acum totul era filtrat de un echilibru atât de căutat cândva, inevitabil acum, după cele trăite. Și totuși, ceva se dărâmase în el. De aici și unda mea de dezamăgire care, într-un mod parșiv, mă bucura. Ceva se prăbușise definitiv, bărbatul încărunțit și cu umerii ușor aduși părea dintr-o poveste paralelă cu cea pe care o trăisem eu ani la rând, cu toate ale ei...

Sunt convinsă că și el mă scana similar, dar nu știu dacă obținând și rezultate similare... Aș fi râs în hohote să fie, la rândul lui, dezamăgit. În fond, noi doi eram în acest moment al regăsirii mai îndepărtați decât fusesem eu vreodată cu oricare dintre bărbații trecători din viața mea și asta mi se părea așa de ciudat... N, care făcuse ravagii atâta timp în ființa mea, nu era sub nicio formă bărbatul ce tocmai îmi intrase în casă. Eu mă uitam acum la imaginea fantomatică a celui pe care odată, demult tare, îl iubisem, îl iubisem, îl iubisem... Ați observat că, în amintiri, oamenii nu îmbătrânesc niciodată? Nu se schimbă niciodată? Acolo e singurul loc în care cunosc, cu adevărat, tinerețea fără bătrânețe și viața fără de moarte, deși, ironic, pentru o perioadă limitată la viața posesorului respectivelor amintiri...

Acolo se depozitează și iubirile, atunci când pierd legătura cu prezentul. Numai acolo, în acea arhivă, N și Anays sunt tineri și se iubesc, sunt tineri și se urăsc, sunt tineri și suferă cumplit, sunt tineri și-și duc dorul, sunt tineri și-și trimit nesfârșite scrisori de dragoste...

Am stat așa... habar nu am cât. Cum el continua să nu dea niciun semn de viață, i-am mulțumit pentru flori și vin și l-am invitat cald să-mi dea haina și să intre în casă. A reacționat la auzul vocii mele și s-a supus mecanic. Apoi, m-a întrebat dacă poate să mă îmbrățișeze...

- Sigur că poți!

Era în culmea fericirii. Până la urmă, nu mă mințisem, până la urmă reușisem să fiu sinceră cu mine însămi, până la urmă, morții cu morții și viii cu viii... căci N, acel N de patimă și dor, murise, într-adevăr, pentru cea care eram eu azi.

M-a îmbrățișat strâns. Prea strâns. Și lung. Prea lung. L-am îndepărtat ușor, dar mi-a șoptit să-l mai las puțin și să nu-l alung. Nu din nou. Atunci chiar m-am desprins din îmbrățișare. Deja eram pe unde paralele. Sau nu, greșesc, dintotdeauna am fost pe unde paralele, doar că mie mi-a luat o eternitate să înțeleg, iar lui... hm... el tot în ceață e.

Nu știu de ce-l chemasem la mine. Poate, pentru că nu exclusesem nimic, poate pentru că, dacă aș fi simțit așa, nu aș fi ezitat să-l invit și în pat. Ar fi fost, evident, o prostie pe care nu aș fi regretat-o. Dar aș fi regretat, sunt convinsă, dacă nu aș fi făcut-o în condițiile în care aș fi simțit imperativ că trebuie s-o fac. Mi-a fost, să zicem, teamă că voi vrea să mă întorc în brațele lui, acolo unde cândva a fost acasă, un acasă după care am învățat, în timp, să nu mai tânjesc. Până de curând. Imaginii lui N din trecut i s-a suprapus cea de-acum și apoi cea a viitorului meu posibil iubit. Deci, acest scenariu aparent căzuse...

- Mă îmbrac și ieșim, i-am spus după ce l-am invitat să ia loc și l-am servit cu nici nu mai știu ce. Ieșim, i-am strigat și am vrut să plec să mă schimb și să închid ușa în urma mea, însă el a fost mai rapid, m-a apucat de mână și m-a tras ușor lângă el.

- Nu te mai agita atât, te rog... să mai stăm puțin așa, în tihnă, să ne privim și să vorbim... S-au adunat necuprins de multe între noi, dar o să avem timp pentru toate... Spune-mi, ce e cu tine, ce-i de viața ta? De ce m-ai căutat atât de târziu? Știam că o vei face, cândva, de aceea nici nu te-am așteptat, dar... adică, în sufletul meu, mereu te-am așteptat, dar viața merge înainte...

- Voiam să te mai văd...

- Să-ți dai seama dacă mă mai iubești sau nu, așa e?

Nu-l știam așa de intuitiv. M-am uitat mai cu atenție. Nu mai eram sigură cu cine vorbeam, deși inflexiunile vocii veneau și ele către mine din acel trecut îndepărtat și sigilat până de curând.

- Și tu de ce ai venit?, i-am răspuns, parșiv, cu o întrebare.

- Ți-am spus, așteptam acest moment. Chiar de când am renunțat să-ți mai scriu, am pus ultimul punct odată cu nașterea acestei speranțe. Ce am avut noi nu se va termina niciodată cu moartea noastră. Tu știi asta, nu-i așa?

- Stop, stop... bați câmpii. Te-am iubit și am suferit, dar nu despre asta vreau să vorbim. Te-am iubit și totul a rămas pentru mine într-o bulă a memoriei. Și mereu va rămâne acolo. Acolo unde suntem cei de atunci, nu cei de azi. Nu confunda. Cel puțin, eu asta simt, îi mai spun și dau să mă ridic iar, însă mă apucă din nou de mână, mă trage, de data asta, hotărât spre el, periculos de aproape și-mi șoptește cu buzele lipite de obrazul meu:

- Minți!

Și-apoi îmi întoarce fața cu un gest tandru, dar ferm și mă sărută.

Mă smulg și-mi șterg gura demonstrativ.

- Ascultă, ne comportăm ca doi adulți sau mă văd nevoită să te dau afară...

Dar nu îl dau afară. Dimpotrivă. Mă simt dintr-odată cuprinsă de o moleșeală fără de înțeles... și cedez. Mă las să alunec iar lângă el, îi iau mâinile într-ale mele și-l rog frumos să-mi povestească. Ce vrea din viața lui care s-a așternut între noi...

Și în timp ce, derutat de bipolaritatea comportamentului meu, încearcă să se recompună cumva, eu încep să-i mângâi mâinile. Altele decât cele ce se aflau la mine în gând, altele decât cele pe care le adorasem, altele decât cele cărora, cândva, în cealaltă viață a mea – așa cum îmi place mereu să spun – le clădisem un templu.

Și-mi spune multe, multe pe care eu nu prea le aud, mă las legănată, alintată și păcălită de ritm și de tonalitate și mă scufund în apele odată tulburi ale apropierii noastre... El își cosmetizează cu exagerată grijă trecutul și omite, desigur, să-mi spună că nu e singur. Dar nu mă interesează, nu mă atinge, nu mă privește... și simt că sunt cu adevărat liberă... liberă să stau să-l ascult sau să-l dau afară, așa cum l-am amenințat, liberă să ieșim în oraș sau...

...și nu mă mai opun când mâinile lui scapă din închisoarea mângâierilor mele și se târăsc exasperant de încet către coapse. Urcă flămânde, curioase și triste, pe vechiul drum al îmbrățișărilor și ajung la sâni.

...și nu mă opun. Îmi dau seama că eram convinsă că lucrurile vor decurge în cu totul și cu totul altă direcție, dar nu am timp să-mi aprofundez lipsa de coerență, căci N începe să-mi îndepărteze treptat, din nou, enervant de lent, fiecare articol de îmbrăcăminte. Simt că o caută pe cea care am fost, așa cum și eu, involuntar, închid ochii și mă predau complet celui care a fost... Îmi închid și rațiunea și dau mână liberă simțurilor. Deschid supapa la care am muncit atât s-o cimentez pe veci și care, sub mângâierea lui aievea și nu doar visată sau închipuită, nu a rezistat nici câteva ore.

Își cufundă fața între sânii mei și începe să-i frământe în neștire și să-i sărute printre lacrimi... Mă pierd și intru în hora dementă a unei călătorii înapoi nu numai în timp, ci și în inimă.

...și nu mă opun, dimpotrivă, îl chem, îl vreau, îl doresc și facem dragoste chiar acolo, pe canapea, dureros de lent, cuprinși de acei fiori care cândva ne erau, în același timp, hrană și otravă. Îi iau capul în mâini și-i acopăr chipul de sărutări, dar eu nu-l văd pe urâtul de acum, ci pe cel pe care destinul nu a vrut să mi-l dăruiască până la capăt. Retrăiesc, precum în clipa morții, din nou, toată viața mea alături de el și-i răspund tulburată și excitată la te iubesc-ul lui gâfâit la fel, pe mod automat, cu un te iubesc clandestin, scăpat nu se știe cum de aprigele prigoniri ce avuseseră loc între timp...

...și el continuă să sape noi urme ale iubirii care ar fi putut să fie și nu a fost în trupurile noastre, cele de acum, cele care se caută cu atâta îndârjire. Ne zbatem, ne smucim, căci nu ne ajunge simpla împreunare a sexelor, ne-am vrea contopiți altfel, mai mult, mai puternic, mai mult, mai puternic.

Nu-mi dau seama dacă facem dragoste sau ne luptăm. Dorul devine durere, emoția devine înverșunare și ne oprim brusc, ocolind amândoi, inconștient, climax-ul... Rămânem în continuare îmbrățișați, sorbindu-ne cu nesaț prin pori, cu gura și cu nasul și cu toate simțurile ce participă dezmățate la această orgie neprevăzută.

Rămânem în afara timpului ce se scurge prin ferestrele casei mele.

Rămânem așa o veșnicie sau nu știu cât.

Rămânem atât și încă puțin, pentru că acum e clar, o parte din noi a vrut, cu tot dinadinsul, deasupra oricăror rațiuni, să se întoarcă acolo și să reînvie în realitate acea mare iubire.

Și totuși, istoviți, sleiți de căldura amețitoare a frământărilor carnale, ne dăm seama că acea coborâre de pe piedestal i-a fost fatală, ajungând până în brațele noastre doar praf și pulbere...

Am redevenit urâții prezentului, el, bărbatul adus de umeri și încărunțit, iar eu, femeia ce l-a iubit cândva și... atât!

- A fost o greşeală, Anays, nu trebuia să mă chemi. Preferam să rămân cu amintirea de atunci, nu cu cea de acum. Acum am stricat totul...

Gustul dezamăgirii pe care l-am simţit la începutul serii revenise cu atâta forţă, încât eram sigură că acum îl simţea şi el.

- Nu, nu... nu a fost nicio greşeală, dragul meu, dimpotrivă. Acum avem confirmarea. Trecutul a fost al nostru, dar prezentul nu ne mai aparţine împreună. Te poţi întoarce acasă, în sfârşit, cu spatele drept. Şi cu testiculele pline, adaug şi încep să râd.

Râde şi el şi se luminează dintr-odată la faţă.

- Ai dreptate, iubita mea... De fapt, pentru asta am venit şi eu... Dar asta nu înseamnă că tot ceea ce ţi-am spus mai devreme...

- Taci... Ştiu... Şi eu la fel...

- Nu credeam că mă voi putea desprinde vreodată de-adevăratelea, să ştii. Nu credeam că pot fi atât de uşor, de fericit şi de... gata să plec de la tine. Cred că este prima dată în viaţă când sunt, pe bune, gata să plec. Cumva, pentru mine, de-abia acum are loc despărţirea noastră. Eu abia acum mă despart, profund şi real, de tine. Mă ierţi că-ţi spun toate astea?

- N-am ce ierta.

***

O săptămână am răsucit totul pe toate părțile... dar oricum le-aș fi analizat, mereu rezultatul nu era decât unul singur: morții cu morții și viii... da, știu, mă tot repet, dar nu am altă concluzie. În ciuda (sau poate tocmai datorită?) revederii cu N, dorința mea de a merge mai departe, de a-l cunoaște pe El și de a mă oferi unui viitor promițător sau poate doar înșelător nu s-a dovedit a fi doar un capriciu. Simțeam că orele petrecute cu N echivalau cu o spovedanie, cu o purificare atât de necesară oricărui început.

Lasă-te iubită, lasă-te adorată, lasă-te devorată, chiar dacă știi că nu urmează nimic... Dar clipa? Nu contează? Trăiește-o frumos, trăiește-o intens, fără trecut, fără viitor!

Am trăit amândoi clipa într-un tip de extaz pe care niciunul nu-l va mai întâlni, știam asta, dar care acum este deja desuet și căruia îi stă bine arhivat, ca încununare a ce-i lipsea poveștii noastre terminate. Așa cum un film nu e gata până când nu apare pe ecran textul „The End”, nici iubirea noastră nu a fost complet sfârșită până când nu am încununat-o cu un atipic și greu de înțeles „Happy End”.

***

Da, acum urma să și mâncăm, să și vorbim, să și flirtăm... Urma să facem lucrurile de la începutul lor firesc, beneficiind de avantajul pe care ni-l oferea totuși prima noastră întâlnire, cu toate ciudățeniile ei, dar și arderile anterioare. Eu, cel puțin, începeam totul pe curat după exorcizarea pe care o trăisem alături de N. De neconceput până de curând, și asta pentru că fiecare etapă are un timp al ei, în care trebuie trăită și apoi depășită.

A ales El localul, un bistro cochet, cu un decor dens, încărcat, dar foarte vesel și primitor precum o căsuță cu povești pentru oameni mari sau nu chiar așa de mari, judecând după naivitatea desenelor ori după inocența mesajelor ce acopereau fără jenă pereții, ușile, mesele și scaunele. Dar mi-a plăcut. Mult. Ceva din spiritul ăsta ludic și curat mi-a lipsit mie multă vreme. Sunt ca o pictură căreia i-a lipsit culoarea alb. Pe care o adaug în doze mici și rezonabile, fără să acopăr totul cu alb și să readuc opera de artă la care maestrul a muncit îndelung la starea larvară a pânzei albe. Căci ce rost ar fi avut să distrug totul? Dimpotrivă, albul îmi dă acum posibilitatea să scot în evidență umbrele și adâncimile, să confer relief și varii posibile interpretări.

Ne-am așezat la o masă lângă curtea interioară, izvor de sunete mici și greu descifrabile, de păsări sau de copaci agitați de vânt sau poate că era numai noul ticăit al pulsului meu. Și El pare fâstâcit. Ah, v-am spus că mă înmoi toată când un bărbat se fâstâcește, sincer, în prezența mea? Nu mai știu pentru că, în prezența lui, mă fâstâcesc și eu...

Acum nu-l mai percep alcătuit din elemente menite să-mi submineze mie echilibrul, ci ca pe un întreg menit să-mi consolideze echilibrul. Oscilez amețitor între mângâierile parșive ale valurilor în care toți ne-am aruncat măcar o dată cu capul înainte, pe principiul „fie ce-o fi", și bănuiala că nu este decât o beție a simțurilor mai intensă decât de obicei, ca atunci când te-ai cam obișnuit cu același fel de plăcere și cauți ceva mai „tare". Numai că El este atât de tare că, din nou, mă văd la răscruce de drumuri. Pe care să-l apuci, Anays?

Se uită la mine ca picat din lună și, din când în când, se autosurprinde, așa că se scutură pe interior și-și caută o atitudine mai bățoasă, mai masculină, mai dominatoare, mai naiba știe ce-o fi aflat El de-a lungul timpului sau, mai rău, ce L-or fi învățat femeile care I-au trecut până acum prin viață. Și despre care eu nu vreau să știu nimic, nimic, niciodată.

Fiecare dintre noi este suma persoanelor pe care le-a iubit...

M-a citit, doar că nu ține pasul cu schimbările mele radicale. A înțeles ce fel de bărbat m-ar interesa și vrea să pară unul așa, numai că acum nu mă interesează decât El, așa cum este, un amestec de bunătate, inocență, generozitate, emoție, înțelegere, fără ca toate acestea să-l efemineze.

Discuția decurge lent, cu poticniri spontane, nefăcute, ceea ce-i conferă un farmec aparte. Îmi dau seama că, la un moment dat, chiar am roșit, de data asta sincer, și nici mie nu-mi vine să cred... Obraznica de la prima întâlnire s-a făcut mică, mică, stă într-un colț și învață despre adevăr. Despre cum se naște un sentiment reciproc nepervertit. Și nu-i vine să creadă! Dă să izbucnească, dar îi pun piedică. Dă să facă semne obscene și-mi șoptește la ureche să mă bag sub masă și să repet o scenă indecentă dintr-un trecut pe care acum, chiar dacă continui să nu-l resping, îl văd ca prin ceață. Mai am puțin și-i dau și-o palmă!

Ne privim în ochi atunci când glasurile se odihnesc, smerite, unul lângă altul. Ne privim cu foame și sete, cu neastâmpăr, cu nerăbdare, cu calm și bucurie. Aproape fără să vreau, am întins mâna spre El și El a primit-o ca pe o mărturisire scumpă, irepetabilă, a unei închipuiri ce, nu se știe cum, a coborât din imaginație și s-a întrupat în femeie, chiar în fața lui, chiar pentru El. Nu știu dacă m-a așteptat, dacă m-a căutat, dacă viața Lui avea sau nu un curs pe care eu să-l fi deviat cumva. Nu a trebuit să nu-i dau eu voie să-mi spună ceva legat de trecut, căci nu a făcut-o din proprie inițiativă.

Am tras linie. Am pus punct și... aruncat. Știu că ai făcut la fel. Și atunci, despre ce să vorbim?

Da, chiar făcusem la fel.

Și uită-ne acum, pe amândoi, la o întâlnire romantică. Am ciugulit câte ceva și apoi am plecat pe jos, la plimbare. De mână. Se întâlniseră iar mâinile noastre, aveau multe să-și spună și mult timp petrecut departe una de alta de recuperat, iar acum nu voiau să-și dea drumul...

Nu aș fi zis că mă va mai emoționa cândva, în viață, să mă plimb pe străzi, fără țintă, de mână cu un bărbat. Brusc, ne întorseserăm amândoi la vârsta adolescenței și o retrăiam împreună, ca doi bezmetici ce nici măcar nu au știut vreodată că aveau nevoie să se întâlnească...

...și-am mers așa, fără țintă, vorbind, șoptind, râzând și adulmecând aerul ce ne strângea pieptul parcă o idee mai mult decât am fi vrut, până când ne-am trezit că hălăduim printr-un parc destul de pustiu. Se întunecase deja și romantismul nu prea ne mai ținea de frig, deși adrenalina făcuse deja câteva tururi complete prin vasele noastre sangvine.

Și am nimerit într-o zonă de relaxare, cu pufuri și hamace, ne-am trântit îmbrățișați în primul dintre ele și acolo am făcut dragoste, scurt, sălbatic și cumva complet nepotrivit pentru cum decursese întreaga seară.

Mi-a ridicat mâinile și mi-a acoperit fața cu sărutări ce au coborât rapid, în timp ce hainele păreau că se dau singure la o parte pentru a face loc pasiunii. Nu mi-a păsat că ar putea să ne vadă cineva, că suntem într-un loc public. Mi-a ridicat fusta și eu l-am ajutat scăpând de ciorapi și de pantofi. Am vrut să zvârl și chiloții cât colo, nu că ne-ar fi împiedicat prea tare câteva grame de dantelă, însă el nu m-a lăsat, preferând să-i dea doar puțin la o parte. La fel a procedat și cu pantalonii săi, deschizându-i doar la șliț și eliberându-și mădularul ce m-a găsit instantaneu. Nu am apucat să-mi dau seama ce se întâmplă, nu am apucat să savurez momentul, căci El deja își făcuse loc în adâncurile-mi fierbinți și întunecate de femeie, într-un ritm grăbit, de bărbat tânăr și neexperimentat, dar sigur pe potența Lui.

...dar parcă nu aș fi vrut să-L cunosc așa, ci mi-ar fi plăcut să-L iau în stăpânire treptat, ușor, înnebunitor, să-L descopăr cu zgârcenie, cu sărutări mici în locuri și mai mici, să-L gust, să-L miros, să-L explorez până la exasperare cu gura și cu sexul și în schimb să-I dăruiesc, cu generozitate, supradoze de extaz.

***

El nu este altceva decât un bărbat bun. Unul dintre acei bărbați despre care vă spuneam că, în general, nu îi vezi de la distanță pentru că... nu au sclipici. Nu fac caz de ei înșiși, zâmbesc deschis și firesc, nu-și dau peste cap, ca o divă, ochii și podoaba capilară și, în general, se situează în afara trendurilor.

Bărbații buni, ca El, nu au mereu lipici, așa că prind rar muște. Politețea lor pare desuetă și cam plictisește, vorba lor nescoasă în lumea „bună" nu are niciun fel de cotație pe piață. Asta, dacă nu e rostită de o voce ilegal de senzuală ca-n cazul Lui! Dar acești bărbați nu-și defilează masculinitatea, nu-și umflă mușchii, nici la propriu, nici la figurat, și chipul lor trădează mereu urme de inocență, ceea ce se traduce pentru multe femei cu sintagma „față de prost", indiferent cât de bine ar arăta, căci pe ele nu le deranjează trăsăturile, cât lipsa aroganței vomitate prin ochi, aceea pe care ele o confundă cu semnul distinctiv al masculului desăvârșit. Iar dacă împrejurările în care L-am cunoscut nu ar fi fost de așa natură sau poate dacă eu aș fi fost într-un alt moment al devenirii mele, cu siguranță că aș fi îngroșat rândurile acestor femei.

Și nici măcar nu m-aș fi mirat că nu înjură teatral, că nu e nesimțit ca să-și arate supremația în ciuda oricăror reguli, dar, mai cu seamă, a celor de bun- simț, chiar dacă e șofer de taxi. Nu, eu pur și simplu L-aș fi ignorat. Și aș fi trecut poate, ca atâtea alte femei, pe lângă destin.

Bărbații buni sunt „slabi". Au sentimente, suferă, le pasă, se implică, se emoționează și, culmea, nici măcar nu se rușinează s-o arate. Ei nu au tupeu, nu știu să agațe, nu știu să se vândă, nu știu ce le place femeilor „adevărate" din ziua de azi… și parcă nici bani de buzunar nu par să aibă destui.

Bărbații buni nu sunt corect semnalizați. Nu ți-i prezintă nimeni, pentru că nu sunt *cool*. Nu sunt populari, pentru că nu reprezintă un model *macho*. Sunt rezervați cu femeile, pentru că, în general, ele îi ignoră sau doar le tolerează prezența din motive bine întemeiate și, cel mai adesea, cât se poate de egoiste.

Da, R era și el unul dintre acești bărbați buni, iar eu am fost o profitoare în ceea ce-l privește. Însă R nu era El, și cu asta cred că am spus totul.

***

Prefer un orgasm oricărei discuții filosofice despre sens care, inevitabil, se termină cu oiștea în gardul limitării noastre intelectuale. Așa că aleg să experimentez, mai degrabă, limitările simțurilor decât pe cele ale minții. Măcar cele dintâi îți pot oferi satisfacții cu o finalitate clară, reală, pe când cele din urmă te lasă, cumva... neterminat!

În parc, neașteptat, El mi-a oferit un orgasm prelung, intens, dulce și fierbinte ce mi-a furnicat minute în șir energiile din vintre și din picioare. Am rămas îmbrățișați și încleștați și, deși obosită, eram în continuare excitată și ușor dezamăgită de explozia rapidă și necontrolată. A înțeles și atunci mi-a condus ușor mâna între picioare, din nou, pcntru continuarca sccnci dc la prima noastră întâlnire, din taxi, de data asta ajutându-mă și El, cu mâna Lui peste mâna mea, așa cum mi-a promis că o va face... I-am intrat în joc, cu gândul la miile de ore de dragoste care ne așteaptă neatinse, gata să fie consumate, căci nu depindea decât de noi să le revendicăm. Micul Lui joc inocent, deși nu părea astfel, continua marele meu joc deloc inocent și El a simțit asta, predându-mi, temporar, inițiativa.

Am plecat târziu din parc, sătui și flămânzi în același timp. M-a invitat la El, dar am preferat să optăm, din nou, pentru un teren neutru, așa că am luat iar o cameră la hotel, prilej să-mi ofere suficiente motive să-L iert pentru graba din parc.

***

Obișnuiam să mă comport ca un bărbat. După nebunia din pat, interesul meu pentru orice bărbat ce nu fusese N începea să scadă, uneori instantaneu, alteori într-un ritm delicat, subtil, astfel încât, atunci când era observat, deja era prea târziu pentru a mai fi salvat.

Fără obligații și fără regrete

era deviza mea nescrisă și abia rostită și asta mi-a permis să mă bucur de tot ce am avut chef, când și cu cine am avut chef. Și mult timp, asta mi-a completat destul de bine viața, încât nu am simțit golul. Lipsa. Absența. Nu am simțit că nu iubesc. Nu am dus dorul sentimentelor, implicării, desfășurărilor de forțe tipice unei povești de dragoste. Nu le-am dus dorul, căci, de pe marginea unde îmi făcusem confortabila fortăreață, toate se vedeau ca fiind plictisitoare și inutil de complicate. Nu mai simțeam nevoia s-o iau de la capăt atât de copilărește pentru... Pentru ce?

Și adevărul este că până nu ai șansa să simți din nou, toate acestea, văzute din exterior, continuă să pară sterpe și nejustificate.

***

Ca să poți să iubești din nou, trebuie mai întâi să înveți să ierți și apoi să uiți.

Nu vreau să fac apologia virtuților. Dimpotrivă. Trebuie să înveți să ierți, dar nu cum o fac, în general, femeile și, mai ales, să uiți, nu doar să te prefaci!

Și cum iartă ele?

De obicei, la infinit, până când se alege praful de și așa fragila lor stabilitate emoțională... căci aleg să meargă până în pânzele albe, să le adune sul și să-și continue drumul...

De obicei, până când nu se mai recunosc, căci se înstrăinează atât de mult de ele înseși, încât se transformă în propriul inamic.

De obicei, până când amanetează tot: bucurie, entuziasm, visuri, dorințe, suflet... și rămân ca o carcasă goală, abandonată.

De obicei, până când simt că mor, dar nici măcar asta nu le oprește întotdeauna.

De obicei, până când le paralizează durerea și nu mai au cum să înțeleagă că au suferit exagerat pentru cauze pierdute iremediabil de prea mult timp.

De obicei, până când nu mai pot înghiți minciunile nici de-ar fi înmuiate-n miere și numai gândul că vor fi nevoite să le audă iar le provoacă greață. La propriu.

De obicei, până când totul devine o povară atât de grea, încât evadarea este iminentă, indiferent sub ce formă.

Problema e că o femeie este dispusă de cele mai multe ori să ierte prea mult și prea multe, vreme îndelungată. Da, iertarea este o virtute, însă, practicată în exces, devine... viciu. Își schimbă polaritatea și, în loc să aibă scontatele efecte benefice, otrăvește. Iertarea folosită la nesfârșit se ponosește atât de tare, că, până la urmă, te face de râsul curcilor.

Problema e că, de obicei, femeile sunt dispuse să ierte până când este prea târziu...

***

Femeile deștepte știu că le este mult mai bine singure decât să ia de crescut, de la fusta mumei sale, te miri ce țânc de bărbat încă neînțărcat. Și nu, nu este egoism, ci înțelepciune.

Judecați-mă, dar acesta a fost unul dintre principiile pe care nu le-am încălcat niciodată... Am cunoscut mulți bărbați și nu puțini dintre ei continuau să aibă atașat cordonul ombilical. Nu vă spun nimic nou, atât că eu am refuzat s-o înlocuiesc vreodată pe *mămica* și nu am avut inimă să-i smulg de la adăpostul pe care căldura sânului matern îl oferă. Simțul meu matern este atrofiat, când vine vorba de adulți. Da, pot să accept că bărbații se maturizează mai târziu, dar nu pot să accept că eu trebuie să fiu cea de fusta căreia să se țină până se termină acest proces. Ce te faci că, în cazul unora, nu se termină niciodată? Chiar nemuritoare nu sunt...

Ba, dimpotrivă, am ajuns la momentul în care înțeleg că timpul meu, deși nu știu exact cât mi-a mai rămas, tot mai limitat...

Am ajuns la momentul în care înțeleg că nu-mi mai permit să accept lucruri făcute în grabă, de mântuială sau proaste, și asta pentru că nu mai am timp să mă grăbesc cu nimic.

Am ajuns la momentul în care înțeleg că nu-mi mai permit să-mi irosesc timpul rămas cu toate mărunțișurile, ale mele sau ale altora.

Am ajuns la momentul în care înțeleg că este mai important să-mi petrec timpul cum îmi place decât cum trebuie, fără să fie nevoie de explicații și justificări. Și asta pentru că știu că, până la urmă, voi regreta prostiile pe care nu le-am făcut, și nu pe cele pe care le-am făcut.

Am ajuns la momentul în care înțeleg că nu există decât prezent. Nu degeaba se zice că trecutul e sub glie, iar viitorul încă nu s-a născut.

Am ajuns la momentul în care înțeleg că liniștea mea este mai importantă decât zgomotul altora. Așa că demult am lăsat în urmă oamenii-atârnătoare, oamenii-paraziți, oamenii-lipitori, oamenii toxici. Fără teamă pentru siguranța lor, căci sunt sigură că vor supraviețui căpușând o altă victimă.

Am ajuns la momentul în care înțeleg că bijuteriile se poartă în orice moment, și nu doar la ocazii, că vinul scump se bea oricând am chef, și nu doar la petreceri, că hainele care-mi plac cel mai mult pot fi purtate și în singurătate, nu doar când are cine să le vadă. Și că, în general, nu mai trebuie să am răbdare la infinit cu tot ce mișcă, să fiu amabilă și politicoasă când ceilalți nu sunt, să fiu bunul samaritean într-o lume de escroci... Pur și simplu, nu se justifică, iar eu am milioane de alte lucruri mai bune de făcut. Mai bune pentru mine!

***

Orice loc și orice moment sunt bune pentru o dragoste împărtășită, așa că nu amânați niciodată s-o savurați.

O nouă cameră de hotel. Tot noi doi. Alt decor, aceeași scânteie. Început de... ceva. Nu discutăm. Suntem. Unul cu altul, unul lângă altul, unul pentru altul. Am ars etape de care, după ce trăiești atât de mult într-un timp atât de scurt, efectiv nu ai nevoie. Am ars, am sărit, am tăiat, ne-am luat de mână și am ajuns la celălalt capăt al lor, acolo unde începe urcușul adevărat.

Acea noapte avea să fie prima noapte de împlinire dintr-un șir în legătură cu care atunci, în gând, mi-am jurat să nu fie mai scurt decât chiar viața mea. Acolo, cu El în pat și în suflet, în (re)descoperirea trupurilor vâscoase și ale sufletelor dezghețate, eu i-am spus DA unei întrebări (încă) nerostite. Atunci eu I-am devenit parteneră, atunci eu am început o relație cu El, atunci eu am acceptat, în sfârșit, că sunt binecuvântată să-L fi cunoscut pe El, iubitul și soțul meu. Căci, indiferent de ce avea să urmeze, El pentru mine asta era.

Pasiunii bolnave, pline de durere și disperare pe care o trăisem în tinerețea mea alături de N îi opuneam acum un început de iubire plenar, nu lipsit de senzualitate și de dor, dar mult mai stabil, mai echilibrat și mai îndestulător pentru femeia care devenisem.

Degringoladei din viața mea, cea cu ajutorul căreia eu învățasem cine sunt și ce vreau, cea cu ajutorul căreia am pus piciorul în prag și am plătit multe lecții, îi urma, în sfârșit, adevărata desfătare. Îi urmau bucuria în formă continuată, pulsul permanent accelerat fără cauze medicale, dorința de întoarcere la acele valori pe care le considerasem desuete și dăunătoare doar pentru că eu nu știusem cum să mă joc cu focul, iar acesta aproape că mă transformase în cenușă. E adevărat, cenușa din care a răsărit acea Anays turbată, mândră de întoarcerea ei din iad, chiar dacă pentru asta plătise un preț exorbitant.

Nu-mi reneg și nu regret nimic din ceea ce am făcut sau am trăit până acum, căci asta ar însemna să mă dezic de mine însămi, lucru pe care nici măcar eu nu mi-l permit.

***

El s-a dovedit a fi așa cum Îl intuisem. O carte deschisă, scrisă cu slove mari și ilustrații grăitoare. Exact așa cum aș fi putut jura, până de curând, că nu mă interesează.

El s-a dovedit a fi un bărbat simplu, direct și onest, cu care am refuzat să discut nu numai despre trecutul fiecăruia, dar și despre încă un aspect, definitoriu, aș spune, pentru orice relație ce se vrea serioasă și durabilă: despre fidelitate. De la N încoace, nu dădusem doi bani pe ea, nu mă interesa, nu era treaba mea și asta pentru că nicio legătură de-a mea nu și-a meritat numele de relație, niciun bărbat nu a mai însemnat mai mult decât un mijloc de a-mi „trăi viața". Dar asta nu însemna că nu știam cât de rară și de valoroasă este. De aceea m-am și ferit de ea ca de ciumă. Dar acum... acum, din nou, știam că nu pot altfel decât așa. Iar dacă El avea să poată altfel decât așa, atunci, pentru a doua și ultima dată, aveam să renunț la iubire, desigur, fără dramele și complicațiile din trecut. Dar până atunci, așadar, aveam toată disponibilitatea de a-mi asuma ceea ce uram cel mai mult: riscuri. Considerabile!

***

Așadar, iată-mă într-o relație, lipită iremediabil de omul meu cu voce voluptuoasă, cu gesturi caline și suflet de copil nepervertit.

Așadar, iată-mă fericită să văd același bărbat în fiecare zi, fericită să iubesc același bărbat în fiecare zi, fericită de perspectiva de a mă trezi lângă același bărbat în fiecare zi.

Lui nu-i plac vorbele mari, Lui îi plac faptele apăsate, conturate și bine înfipte în prezent. Lui îi plac partidele noastre de amor prelungite, Lui îi place să facem dragoste îmbrăcați și în viteză, pentru ca apoi să o luăm, tulburător de încet, de la capăt. Lui îi place să mă țină de mână, așa cum a făcut-o încă de la început, de sex și de inimă și mă ține strâns și atât de ademenitor, că vreau de fiecare dată tot mai mult.

Într-o relație reală, nu închipuită, partenerii se țin de mână, de sex și de inimă, fără teamă, rușine sau plictiseală.

***

Cum se povestește acea perioadă din viață în care, în sfârșit, fericirea există, este egală cu ea însăși și pare că încremenește totul în timp? Fericirea nu se povestește, ea doar se trăiește. Transpusă în cuvinte, pierde din esență, pierde din consistență și tinde să-și dilueze însemnătatea. Fericirea se tace în public, dar se face și se desface în intimitate. Așa că nu vă spun decât atât: Sunt fericită!

***

Nu-ți spune că te iubește, dar știe ce culoare au ochii și părul tău, știe cum îți place cafeaua și e atent când îi vorbești? Atunci nu mai e nevoie de cuvinte de confirmare, chiar dacă tu ai nevoie de ele...

Așa este El și este al meu... Și, da, până la urmă, sunt doar o femeie îndrăgostită, care ar vrea să și audă, chiar dacă știe. Până la urmă, nu mai știu exact cine sunt... iubirea aceasta căreia i-am permis să mă invadeze atâta vâlvă a stârnit în mine și atâtea straturi adânci a tulburat, că, momentan, nu mă recunosc. Și-mi place de mine, cea nouă și lipsită de griji, cea nouă, dar tot inconștientă, deși altfel de inconștiență, una dulce, pe care o confunzi cu paradisul întrupat pe pământ, fix în ograda ta. Dar ce ar fi viața fără iluzii? Și totuși,

Iluziile sunt ca fumul... nu te lasă să mai vezi nimic, dar ține-ți firea, căci în secunda următoare se risipesc ca și când niciodată nu ar fi fost. Dacă nu în secunda următoare, în ora, în ziua, în luna, în anul următor... Așa că nu-ți construi nici cel mai modest vis pe temelia lor...

Așa că nu știu când au trecut ultimele luni. Și nu, nu ne-am mutat împreună, iar asta ajută la împiedicarea uzurii relației. Asta nu înseamnă că nu ne petrecem nopțile împreună, însă fiecare dintre noi are locul său de refugiu, altul decât unul în brațele celuilalt. Ca o supapă de care, din ipocrizie (sau poate din prea mult entuziasm), nu recunoaștem că avem nevoie, deși, pe măsură ce trece timpul, tânjim tot mai mult după ea. Unii în așa măsură, că nu au altă soluție decât fuga din *împreună*. Fie că se despart, fie că-și găsesc pe altcineva, tot o evadare este și asta, pentru că relația lor nu a avut niciun canal de defulare, nu a fost prevăzută de neinspirații parteneri cu elemente care să le asigure contrabalansul.

***

El pășește lângă mine. Mă ține, ca întotdeauna, de mână și mie îmi este de ajuns. Pășim amândoi, în același ritm dictat de puls. Avem puls comun. Suntem pe stradă, nu ne grăbim, dar nici nu am ieșit la plimbare. Avem ceva de rezolvat și am decis să mergem împreună. Și asta ne face plăcere. Să ne simțim unul pe altul, să comunicăm și fără cuvinte. Parcă cu niciun bărbat din viața mea nu am schimbat atât de puține cuvinte. Mă gândesc, fără să vreau, la N și la risipa de cuvinte din scrisorile noastre... nu știu dacă El mi-ar scrie... dar mă scutur de gândul ăsta. Nu mi-e frică de-un simplu gând, deși știu că nu e neapărat fals, doar că nu are sens să-l găzduiesc încă. E totuși devreme în dragostea noastră și nu vreau să pierd nicio clipă, căci timpul nu iartă pe nimeni, indiferent de cine ești și ce faci.

Și în vremea asta, din mulțimea pietonilor care trec pe lângă noi din ambele sensuri, un bărbat se oprește la câțiva metri în fața noastră. O face brusc, așa că nu știu cum reușesc să mă opresc și eu, fără să-i cad în brațe. Noroc că mâna Lui mă susține. Acum și mereu, îmi zic în gând și nu-mi încap în piele de bucurie... dar bărbatul din fața mea ne privește lung, cu o uimire nedisimulată și nu pare să ne împărtășească fericirea siropoasă.

Și nu apucăm bine să facem un pas în spate ca să evităm nebunul, căci acesta mă ia în brațe, smulgându-mă din mâna Lui și mă strânge mai mult decât ar face-o un amic, cu atât mai puțin un necunoscut în plină stradă. Îl împing și-i ard o palmă, scurt și neașteptat. Bărbatul se clatină, își duce mâna la falcă și mă privește dezorientat.

- Anays, ai înnebunit, de ce mă pălmuiești? Nu mă mai recunoști? Hai că nu a trecut atât de mult timp, sunt eu...

Și-mi spune un nume care pe mine mă lasă rece. Pur și simplu, habar nu am cine e, pur și simplu, nu-mi aduc aminte de el...

- Îmi pare rău, nu vă cunosc, îi spun sec și dau să trec mai departe, în timp ce El intervine în discuție, cerându-i necunoscutului să-și vadă de drum.

- Ba mă cunoști!, țipă deodată isteric, dar fără să se mai apropie de mie, probabil dându-și seama că este riscant.

Eu nu sunt tocmai pașnică, iar El este încordat ca un arc.

- Sunt... și-și repetă numele, deși cu asta nu mă lămurește deloc.

Reușește doar să mă facă să-mi pierd răbdarea, în timp ce-mi dau seama că situația poate deveni cel puțin stânjenitoare.

- Îmi permiteți, i se adresează Lui, din precauție, după care se apropie de mine și-mi șoptește la ureche: Nu știu dacă chiar nu mă mai recunoști sau doar te prefaci, dar să știi că nu este frumos. Chiar așa de mulți bărbați ți-au trecut prin pat, încât să nu-i mai recunoști când te întâlnești cu ei pe stradă? Să-ți reîmprospătez memoria...

- Dar ție chiar nu îți este rușine? Nu înțelegi că nu te cunosc? Să ai o zi bună, i-o tai și dau să plec, dar ți-ai găsit.

- Incredibil, izbucnește iar. Te comporți ca un bărbat după ce și-o trage și pe care nu-l mai interesează nimic. M-ai folosit, m-ai abandonat și acum nici măcar nu-ți aduci aminte de mine? Ridicol...

Atunci l-am privit mai atentă. Mă intrigase tupeul lui, dar, mai cu seamă, o urmă de teamă pe care i-o simțisem în voce. Dar asta nu însemna și că avea dreptate. Pentru că nu sunt amnezică și nici idioată, mi-am dat seama că stau în fața unui bărbat complet necunoscut, nicidecum în fața unuia cu care, la un moment dat, m-am intersectat prin vreun pat. Cred că eram, mai degrabă, victima unei glume proaste.

L-am lăsat în drum, gesticulând și comentând, aparent nedumerit. Nu a îndrăznit să ne urmărească. El a avut decența să nu intervină – deși ar fi fost gata s-o facă, dacă ar fi fost nevoie – și nici să mă asalteze cu întrebări inutile. Iar asta a fost una dintre primele Lui lecții de... încredere, capitol la care eu eram aproape repetentă.

Și cum să nu fiu?

Poți să ai încredere în oameni? Da, cu condiția să-ți asumi consecințele!

Oamenii sunt duplicitari și schimbători. Poți avea „surprize” chiar și de la acei puțini pentru care ai fi băgat mâna în foc... Ce greșeală! Mâna în foc nu aș băga-o nici măcar pentru mine, dar pentru altcineva? La urma urmei, și eu pot fi privită așa, la un moment dat, de către alte persoane. Pentru că, în definitiv, ăștia suntem: uneori îngeri, alteori… nu, nu demoni, ci curve. Gata să dăm lovitura fatală, în timp ce afișăm cel mai inocent zâmbet. Asta, da, mereu justificat. Căci avem din plin justificări și argumente pentru orice, doar ca să ne simțim bine până și cu cele mai parșive acțiuni sau reacții (că le avem, să nu mințim!)… Cu alte cuvinte, suntem mândrii posesori ai unui sistem complex menit să ne bage conștiința în ceață. Asta, da, cu condiția ca nimeni să nu se comporte așa cu noi vreodată, căci ar fi imediat depistat și înfierat cu maxim dispreț și desconsiderare…

Oamenii sunt duplicitari și vestea proastă este că nu prea face nimeni – cel puțin, la un moment dat – excepție. Și atunci, ce facem cu încrederea? Cât și cum o acordăm? Cât și cum avem pretenția să ni se acorde? Mizăm pe risc sau pe prezumția de... vinovăție? Că doar cel mai simplu e să arăți cu degetul, să scoți ochii și să te tăvălești pe jos de durere, să urli lumii ce victimă ești tu, în timp ce alții, din cauza ta, simt același lucru…

Da, sunt repetentă la capitolul încredere și, cu atât mai mult, lecția pe care El mi-a oferit-o este atât de importantă pentru mine.

***

Ulterior, m-a sunat o prietenă să-mi spună că O a aflat de faptul că am o relație și că, într-un moment de nebunie, apelase la un prieten să-mi joace o farsă penibilă, fix când eram cu El. Spera să mă facă de râs în fața Lui și, în același timp, să ne furnizeze un excelent motiv de ceartă și, de ce nu?, poate chiar de despărțire. Totul, din pură răzbunare...

Pentru că sufletele mici găsesc plăceri în răutăți și în mizerii gratuite.

***

Așadar, am ajuns să spun DA.

Dacă pe parcurs au apărut umbre? Normal! Doar El nu este perfect, iar eu nici atât. Dacă am avut momente de ceartă sau dacă am vrut să ne despărțim de mai multe ori? Firește! Nu este vorba de o poveste cu prinți și prințese care se termină fix când ar trebui să înceapă, ci cu oameni reali, care vin într-o relație cu toată încărcătura celor trăite, chiar dacă au reușit să facă pace cu tot ce a fost.

Atât că, de cele mai multe ori, au învățat s-o lase la ușă. Și au mai învățat că fericirea nu este despre perfecțiune, planuri și obiective, ci despre atitudine și acceptare, despre deschidere și înțelegere, despre încăpățânare uneori și despre luptă alteori. Și nici nu seamănă cu un orgasm interminabil, ci are sincope, zdruncinături, lacrimi și zbucium... dar, mai presus de orice, are doi oameni care se țin de mână, determinați să nu-și dea drumul, nici măcar atunci când viața își bagă coada între ei și-i aruncă de toți pereții, împreună sau separat.

I-am spus DA pentru că asta am simțit, I-am spus DA pentru că, din nou, voiam să trăiesc complet și până la capăt experiența iubirii fără secrete și terțe persoane atârnate de fiecare dintre noi. I-am spus DA, nu până când moartea ne va despărți, ci pentru cât timp vom simți la fel ca-n acel moment. Am spus DA, asumându-ne riscurile despre care am tot vorbit, cât se poate de reale și nefăcându-ne decât o singură promisiune: aceea că la primul semn că povestea s-a sfârșit, ne vom opri și noi din joaca de-a soțul și soția, căci în acel moment, doar la asta se va rezuma totul: la o simplă joacă...

***

Iubește-l, dar nu încerca să-l domesticești, căci tu vei fi prima care-l va detesta apoi pentru că... s-a schimbat!

Nu intri într-o relație, cu atât mai puțin într-o căsnicie, cu gândul că, pe parcurs, vei reuși să-l schimbi pe celălalt, să-l modelezi „așa cum îți place". În mod normal, el ar trebui deja să fie „așa cum îți place", căci altfel ce argument mai ai pentru că ai acceptat totul? În plus, să fim serioși, pornim umăr la umăr și nu unul împotriva celuilalt, în încercarea de a ne dovedi reciproc cine este „șeful". Nu există așa ceva într-o relație. Vorbesc de una firească, nu de surogatele cu care ne-am cam obișnuit. Vorbesc de acea relație după care tânjește oricine, femeie sau bărbat, și nu renunță la ea pentru compromisuri grotești ivite din interes sau, pur și simplu, din disperare. Desigur, nu e vorba nici de relațiile fanteziste ce subjugă mințile vulnerabile și cresc monstruos în imaginația celor care au văzut prea multe filme de mâna a doua sau care nu au depășit nivelul poveștilor, că tot le-am menționat mai devreme. De fapt, acești popândăi ce ne ocupă uneori viața sunt cei care ne împiedică, de cele mai multe ori, să ne recunoaștem partenerul în mulțime... și asta nu poate fi decât trist și dureros...

***

- Ce te-a apucat, femeie? Tocmai tu? Și tu, *Brutus*? Cui ne lași? Dezertezi? Nu înțeleg... Cum de ai căzut iar în aceeași *capcană*? Nu ți-a ajuns povestea cu N? Iadul și tot ce a urmat? Ai uitat atât de repede? Uită-te la mine că am trecut prin două divorțuri și știu ce vorbesc. Și, de fapt, știi și tu foarte bine, așa că, cu atât mai mult, să mor dacă înțeleg ce te-a apucat. Ai intrat cumva în ceasul morții și noi nu știm?

Suntem toți la fel... numai greșelile le facem diferit!

Una dintre prietenele mele. Mai avea puțin și mă mușca. Probabil, din punctul ei de vedere, m-am renegat complet sau, și mai rău, m-am întors de unde am plecat doar pentru a lua de la capăt tot șirul acela scârbos de probleme de care atât de greu mă eliberasem. Știu că este inutil s-o contrazic, eu însămi aș fi reacționat la fel până de curând. În plus, ce nu știe ea este că, deși m-am aruncat în valuri iar, acum am făcut-o cu „echipament" potrivit. Nu am ași în mânecă, pentru că îmi doresc ca totul să fie real și nu făcătură, dar acum știu să înot și asta face diferența între prima dată și acum. Desigur, nimeni nu-mi garantează nimic, dar viața însăși nu ne garantează niciunuia nimic, nici măcar că ne vom mai trezi mâine-dimineață.

- Înțeleg perfect ce-mi spui, dar... încep eu, însă nu-mi permite să continuu.

- Nu înțelegi nimic. Altfel, nu ai fi fost în situația asta și nu mi-ai fi oferit niciun „dar"... nu există „dar" în povestea asta. Probabil, ai uitat ce am pățit eu și multe alte femei măritate, tot așa, cu prinți din ăștia buni și minunați. Probabil că nu ești așa de deșteaptă precum te credeam și nu-ți sunt de ajuns greșelile altora, vrei musai să te dai și tu cu capul de același prag de mai multe ori. Bine! Perfect așa, ești liberă să te sinucizi, dacă asta vrei. Dar nu înainte să mă asculți! E datoria mea de prietenă să-ți spun.

Nu o mai văzusem niciodată atât de pornită, nici măcar împotriva foștilor ei soți, așa că am lăsat-o să continue. Simțeam că are nevoie să-și deșerte sacul, așa cum nu o mai făcuse până atunci, iar vestea măritișului meu reprezentase pretextul de care avea nevoie. Sau poate pe care deja îl căuta de ceva timp. Indiferent cum ar fi fost, eram dispusă s-o ascult până la capăt.

- Anays, draga mea, a revenit ea la un ton uman, începându-și ceea ce avea să fie, așa cum bine bănuisem, o lungă descătușare, după ce ne-am așezat confortabil și eu mi-am aprins o țigară, în timp ce ea și-a ars buzele în cafeaua prea fierbinte.

- Nu ai idee în ce te bagi... a continuat, nu înainte de a-și tampona buzele cu batista. Nici nu știu cu ce să încep... în primul rând, să știi că nu degeaba se spune că mormântul dragostei este căsnicia, deși eu aș zice, mai degrabă, că rutina este mormântul dragostei. Iar rutina nu este altceva decât definiția căsniciei... primul simptom este acela al înstrăinării. Nu știu cât de bine vă cunoașteți acum sau cât de aproape îl simți ori cât de puternice ai impresia că vă sunt sentimentele ce vă leagă, dar pregătește-te ca, în curând, să-ți pui inevitabila întrebare: „Cine este străinul ăsta și de ce m-am măritat cu el?". Și, mă rog, întrebarea ca întrebarea, dar problema este răspunsul ăla sincer pe care ar trebui să ți-l dai. Și, pe măsură ce trece timpul, răspunsul ăla se tot schimbă, până când o să ajungi să nu-l mai știi, să nu mai fii sigură de el și, la cum te cunosc, probabil că vei spune pas și vei trece mai departe... Ceea ce, până la urmă, nu ar fi rău deloc. Adică, așa sper să faci și să nu te complaci. Nu cum am făcut-o eu. Să nu cumva să rămâi bătând pasul pe loc, din inerție, ca o dobitoacă pierdută de turmă. Și să știi că nici să pui ochii pe alți bărbați nu este o soluție pentru criză, chiar dacă ești impecabil de discretă. Pentru că, dragă Anays, una este să fii amantă când ești liberă și alta e să fii amantă din postura de soție... ca femeie liberă, este o alegere pe care ți-o asumi, mai ales dacă ai o moralitate, să-i spunem, fluidă, ca a ta, și nu o zic ca reproș, și alta este ca soție. Căci, în calitate de soție, asta nu înseamnă decât că ai avut timp să aduni dureri și frustrări cărora nu mai știi cum să le vii de hac. Și asta este incredibil de trist... că nu din plictiseală sau din acel prea mult bine predicat de gura lumii acceptă o soție să calce strâmb, îți spun eu... Iar dacă la tot rahatul adăugăm posibilitatea (mare, Anays, mare!, să nu uiți cuvintele mele!) ca și el – soțul tău, adică – să aibă, la rândul lui, pe cineva, atunci mariajul tău nu mai e mariaj, ci hazna și ar cam trebui să se ducă cât mai repede dracului. Chiar dacă ai vrea tu musai să ții de aparențe cu dinții, esența ia-o de unde nu-i. He, he, fetiță, habar nu ai tu câte căsnicii sunt în astfel de situații. Majoritatea! Și știi ce le mai ține în picioare, ca să zic așa? Doar motive exterioare, care fix nu au nicio legătură cu răspunsul la întrebarea despre care îți spuneam, motive precum ratele, copiii, bunurile materiale, comoditatea unei situații financiare sau chiar căldurica stricată a obișnuinței! Habar nu ai tu câte căsnicii nu sunt putrezite la interior, dar la suprafață defilează cu mândrie – și conturile de Facebook dau, cel mai adesea, pe-afară – de preaplinul unei fericiri pe care cei doi nu o văd nici măcar în poză! Habar nu ai tu câte căsnicii nu put de ipocrizie, dar ei rânjesc cu gura până la urechi, abia atingându-se, în silă, chiar și în fotografiile ce-ar trebui să dovedească lumii de proști care cască gura că ei mănâncă desăvârşire cu polonicul, nu pe pâine, ca toţi amărâţii… Şi în condiţiile astea, tu vrei să te măriţi? Tu vrei să îngroşi rândurile nefericiţilor ăstora? Bine, nu zic că trebuie să ajungi în astfel de situaţii disperate, dar să ştii că vei fi destul de aproape... Este inevitabil, crede-mă...

Evident, nu vedeam de ce aş fi crezut-o, şi nu pentru că nu ar fi avut un sâmbure de adevăr spusele ei, ci pentru că, de obicei, generalizările sunt false. Iar ea asta făcea acum, generaliza fără jenă, incapabilă să vadă realitatea de dincolo de tristele ei experienţe de viaţă.

- Iubita mea, continuă ea fără să-mi dea, în continuare, posibilitatea să spun ceva, asta în caz că aş fi avut chef s-o contrazic sau să mă „apăr”, odată măritată, ai toate şansele din lume să intri în cel mai aprig război al femeilor: acela în care luptă unele împotriva altora, de pe poziţii diametral opuse – amante şi soţii. Nu sunt obsedată, ştii şi tu foarte bine că nu fac decât să vorbesc despre realitate. O realitate pe care tu ai trăit-o fix din cealaltă parte a baricadei şi zău că nu-ţi doresc s-o trăieşti şi din partea astălaltă, în care vrei tu musai să te bagi aşa, „de bunăvoie şi nesilită de nimeni”, Dumnezeu să te mai înţeleagă. Că doar tu cunoşti atât de bine bărbaţii şi eşti perfect conştientă că le este imposibil să fie fideli... mă rog, nu tuturor, dar noi nu vorbim de excepţii aici, deşi tu crezi că o facem, corect?

Fac o paranteză... probabil că da. Dar este dreptul meu să cred asta, chiar dacă, în orice moment, poate exista o probă contrarie. Da, exact ca Eva... Mi-am adus aminte de cum credeam eu că se minte în legătură cu golanul de bărbatu-său... Ah, Eva, dacă ai şti! Probabil că nu am fost capabilă să te înțeleg, pentru că încă nu fusesem în situația ta și, din afară, toți suntem grozavi și atotștiutori, când e vorba de viața altora... uite cum am căzut și eu în cursa asta... ce ironie, nu?

- Mă asculți, Anays?

- Sigur... doar mă gândeam la ce spui.

- Păi, să te gândești și nu puțin... Ce ziceam? A, da. Că nu e deloc roz să fii soție înșelată. Să descoperi asta și să începi ridicola campanie împotriva amantei sau împotriva adulterinului ori, te pomenești, pentru recucerirea lui... căci în oricare dintre aceste direcții o iei, la capăt te așteaptă fix același lucru: nimicul. Deznădejdea și suferința. Eșecul, Anays. Eșecul. Și cel mai tare doare că lui, la mijloc între femeile ce și-l dispută, îi este tare călduț așa, că doar nu are cum să-l... plouă! Și chiar dacă, uneori, mai scapă câte o schijă și înspre el, sărăcuțul, din groaznicul război al cărui trofeu este, suferă mult, adânc, profund și zgomotos, astfel încât amazoanele de ocazie, adică tu ca nevastă înșelată și „parașuta aia" de amantă a lui, vă vedeți obligate să lăsați amândouă armele deoparte și să treceți la pupat buba. Și numai după ce se repară domnul, veți anula armistițiul de forță majoră și veți reveni la „normalitatea" din ring. Groaznic de penibil, dar din interior nu-ți dai seama, indiferent cum te raportezi la bărbatul disputat. De fapt, un astfel de conflict – direct sau nu, deschis sau nu – nu face decât să te pună într-o lumină jenantă, inclusiv în ochii falnicului purtător de sculă pentru care se face atâta tămbălău. Și în timpul ăsta, lui îi crește pipota cât ghețarul ce a scufundat Titanicul, dar, în acest caz, nu vă scufundați decât voi două. Da, doar voi, căci el, indiferent de ce hotărâți să faceți – alianță sau complot, că s-au mai văzut și astfel de cazuri – el scapă făcând pluta cu burta la soare. Și, îți garantez, nu va trece mult până când o va lua de la capăt cu alte doamne vajnice luptătoare, așa, ca tine și ca amanta...

Știam prea bine la ce se referă. Fusese o soție încornorată și trăise totul pe propria piele. Dar, din punctul meu de vedere, nu asta era problema în sine, ci faptul că ea rămăsese blocată acolo, incapabilă să-și vadă mai departe de viață.

- Tu știi ce mi-a zis mie pațachina aia cu care și-o trăgea bărbatu-miu? Nu primul, al doilea. Fii atentă, că asta nu e ceva de ratat. Ca să vezi cât tupeu au mizerabilele care se încurcă cu bărbați însurați (facem abstracție de faptul că nici ea, nici eu nu eram tocmai uși de biserică la capitolul ăsta sau, mă rog, nu fusesem într-o anumită perioadă). Zicea așa, nemernica:

„Pledez pentru dreptul meu de a cunoaște viața și, călcând strâmb, pentru dreptul meu de a mi se oferi o a doua sau o a noua șansă, pentru că tot ceea ce vreau este să trăiesc, să experimentez, să cunosc, să evoluez. Iar dacă asta implică și un adulter, ei bine... c'est la vie! Mi-o asum". Ce știe o pițipoancă despre asumare, îmi spui și mie?

Desigur, lucrurile nu sunt așa de simple precum mi le prezenta ea. Prefera să sară peste nuanțe, dar viața nu este așa. Oricât de mult ne-ar plăcea să tranșăm totul în alb sau negru, nu se poate, căci grosul este dat de griuri. Cu alte cuvinte, nu toate amantele sunt pițipoance și nici toate soțiile victime, dar asta nu diminuează cu nimic drama pe care situațiile expuse de ea o presupun.

- Și n-am terminat... Stai să-ți arăt ce i-am scris uneia dintre amantele lui bărbatu-miu. Primul.

Și scoate o foaie de hârtie mototolită, scrisă de mână. Din câte înțeleg, i-a scris-o, dar nu i-a trimis-o...

- Ascultă:

„Dragă amantă,

Odată ce ai intrat într-o relație cu un bărbat însurat – în cazul de față, cu soțul meu – să fii conștientă de faptul că este vorba de un bărbat fără scrupule, care nu are nici cea mai mică problemă în a trăda încrederea unei femei, căci relația cu tine înseamnă, automat, asta. Așa că nu cumva să-ți faci iluzii că-ți va fi fidel și nu te va răni, nu cumva să ai pretenția să-l crezi când îți spune că el niciodată până la tine nu a călcat strâmb și că tu ești unica (!) amantă din viața lui, ba, mai mult, că el nici măcar nu se mai culcă cu mine... Bullshit-uri, minciuni răsuflate, praf în ochii proștilor...

Alooo! Trezește-te! Nu este vorba decât de o aventură trecătoare. Cel mai probabil, nu ești nici prima și nici ultima și nici nu-ți face iluzii că te va lua de soție, că doar are una acasă și nu asta caută el la tine. El nu vrea decât puțină distracție fără obligație și nimic mai mult. Bagă-ți mințile în cap, o relație cu un bărbat însurat nu este altceva decât un trio din care soția, chiar dacă nu este prezentă fizic când faceți dragoste, nu lipsește dintre voi. E ca și când mi-aș trage un scaun lângă patul vostru și v-aș urmări cu atenție, nu din voyerism, ci din simplul motiv că locul pe care îl ocupi este al meu, așa că s-ar cuveni, dacă tot împărțim bărbatul, să împărțim și orgasmul. Nasol, nu?

De asemenea, nu uita că nota de plată nu va întârzia să apară și așteaptă-te să fie... usturătoare! Îți va da un picior fix unde te doare mai mult și fix când îți va fi lumea mai dragă, căci amantele nu sunt decât consumabile, în caz că nu știi, iar tu nu faci excepție. Și de-abia atunci, sunt sigură, o să-mi dai dreptate, deși nu vei recunoaște nici în ruptul capului, deși va fi, oricum, prea târziu. Pentru amândouă".

Dar ascultând-o citind, mi-a înghețat inima. Mă înșelasem. O trimisese. Și scrisoarea ajunsese la destinatar. Adică... la mine! Da, primisem în urmă cu mult timp o astfel de scrisoare, îmi parvenise printr-o încrengătură de cunoștințe și în secunda doi rupsesem legăturile cu acel bărbat, fără să știu cine îi este soție. Dar fusese prea târziu, căci răul era deja făcut. I-am dat dreptate în totalitate atunci, cu o singură excepție – eu nu suferisem, mai ales că eu pusesem punct aventurii. Ca amantă, știam foarte clar în ce mă bag. Nu știu însă dacă pot spune același lucru ca soție. Dacă voi păți și eu la fel?

- Mă rog, i-am trimis-o și se pare că a avut efectul scontat, că l-a și părăsit. S-o fi speriat sau o fi înțeles barbaria pe care o face. Atât că, am aflat și eu târziu, aia căreia îi scrisesem eu nu era decât o aventură, alta era amanta de „cursă lungă", ca să zic așa... Și, de fapt, asta este una dintre cele mai periculoase ființe care există. Știi cum o recunoști? Îți spun eu!

Amanta de cursă lungă ține la tăvăleală și la hârșâială. Ține la scandal și fie știe să încaseze, fie știe să lovească în confruntări directe sau indirecte cu soțiile afectate, în încercarea disperată a acestora din urmă de a-și recupera demnitatea și speranțele din chiloțeii celei dintâi.

Are stomac tare și minte slabă, niciodată invers. Suportă bine. Mai ales mizeriile pe care „victimele" masculine le debitează încontinuu, neobosiți, mereu aceleași, de la delicatețea și nevinovăția lor până la ticăloșia nevestelor. Bașca minciunile *hardcore* legate de iminentul, dar niciodată întâmplatul divorț.

Are credință. Multă. Că numai pe ea o iubește, că numai ea contează, dar nu se aliniază astrele și trebuie să mai aștepte, să mai presteze, dar să nu mai pună întrebări și să nu mai facă gât, că doar d-aia fuge el de acasă. Și, mai ales, să aibă răbdare.... și ea are. Multă.

E pro reciclare. Absolut. Doar e, vorba ta, o femeie la mâna a doua. Un fel de roată de rezervă, călărită când se poate, pe unde se poate, cât se poate.

Îi place misterul. Exagerat, am putea zice. Relația trebuie să rămână secretă, nu transpiră nimic pe Facebook, nu se trimit mesaje la ore indecente, nu se apelează numărul lui nici dacă e cât pe ce să-și bea cafeaua cu Lucifer… și lista e lungă, dar ea, conștiincioasă, nu crâcnește, ci execută.

Îi plac valorile. Mizează pe: optimismul descreierat, perseverența în gol și imaginația bolnăvicioasă care nu-i lasă loc să vadă și realitatea de scenariile fantastice pe care i le creează, de-a năucit-o de cap. Și, că veni vorba de valoare, și-o știe foarte bine pe a ei. 2, 3, 30 de arginți, ceva pe aici sau mai departe, conceptul este același. Atât că nu dă bon fiscal.

Și e modestă. Se mulțumește cu resturi și firimituri, convinsă fiind că așa cum iubește ea, cum ascultă ea, cum alină ea, cum înțelege ea și cum o suge ea, nu o face nimeni. Adevărul însă este altul… Căci cum înghite ea tot (rahatul), nu înghite nimeni…

Amanta de cursă lungă, Anays, este un parazit rezistent, cu care sper, din tot sufletul, să nu ai de-a face, dar... nu se știe niciodată. Și acum, ia-o cu apă rece!

A tăcut, epuizată. Obositor monolog, dar atât de necesar... pentru ea, desigur. Obosisem și eu ascultând-o. Doar că încă nu terminase...

- Nu mi-o lua în nume de rău, draga mea, dar nu aș vrea să pățești ca mine. Să fii într-o relație serioasă – nu mai zic de căsnicie – este complicat. Și nu implică musai iubire. Adică, chiar dacă să zicem că, la început, partenerii se iubesc, pe parcurs, sentimentele se mai schimbă, dar sunt cazuri în care, chiar și așa, cuplul nu se destramă. Știi femeile alea care zic „dacă stă cu mine, mă iubește”? Să fim serioși, doar faptul că un bărbat conviețuiește cu o femeie sau are o relație de cuplu cu ea înseamnă, automat, și că o (mai) iubește? Ha, ha, ce simplă și frumoasă ar fi viața, pe bune! Cum ar curge laptele împlinirii și mierea fericirii pe toate gardurile, de nu am mai prididi cu adunatul, de ni s-ar apleca de atâta bine, zău… Noroc că are grijă realitatea să nu cumva să pățim așa ceva. Pe bune acum, de fapt, există oameni care sunt într-o relație din motive care nu au nimic de-a face cu iubirea... să nu le ignori, chiar dacă ți se prezintă cu măști aparent inocente. Știi și tu... interesul material, interesul social, inerția, comoditatea… și câte și mai câte, tot atâtea motive să nu te lași dusă de nas, oricât ți-ai dori să nu le vezi sau să le interpretezi cum îți convine, doar de dragul de a crede că totul e roz. Bombon. Anays, o femeie măritată are nevoie atât de mult să creadă că încă trăiește în poveste, fie ea și inventată, fie ea și cusută cu ață albă, că e în stare să clădească un templu în care să-l așeze pe Măria Sa, Soțul, și astfel să-l izoleze și să-l îndepărteze complet de ea, obligându-l practic să se arunce de acolo, de sus, de pe piedestalul pe care este urcat, drept în brațele altei femei... Anays, tu ești fată deșteaptă și ai înțeles foarte bine de ce am reacționat așa. Și, deși nu ți-am spus nimic nou, nu strică să fii cu picioarele pe pământ înainte de o astfel de decizie... asta, în cazul în care nu te răzgândești, așa cum cred din tot sufletul că ar trebui s-o faci. Și nu pentru că l-aș cunoaște pe viitorul tău soț și aș avea ceva cu el, că nici nu mi l-ai prezentat măcar, ci pentru că instituția căsătoriei este una șubredă și desuetă, aproape incompatibilă cu vremurile noastre.

Nu avea rost să-i mai spun că nu „instituția căsătoriei este șubredă", ci oamenii care nu știu ce înseamnă, cu adevărat, o căsnicie sunt cei „șubrezi". Cât despre prezentat... probabil că, inevitabil, la un moment dat o voi face, dar asta nu este nicidecum o prioritate pentru mine acum. Căci nu am nevoie de validarea sau de aprobarea nimănui în legătură cu El și cu decizia noastră.

Femeia care-și simte lângă ea mereu bărbatul este o privilegiată a sorții. Sau poate doar a propriilor decizii?

Și nu, nu m-am răzgândit... ar fi fost penibil să o fac doar ascultând concluziile la care a ajuns una dintre milioanele de femei măritate de pe pământul ăsta. Sinceră să fiu, prefer să-mi trag singură concluziile, indiferent de prețul pe care, poate, ar trebui să-l plătesc pentru ele. Căci, oricare ar fi acesta, merită investiția!

***

Mă caută Eva. A simțit, nu am niciun dubiu. Nu aș fi căutat-o să-i spun. Ultima noastră interacțiune m-a scrijelit în profunzime...

- Anays, vreau... de fapt, trebuie să ne vedem. Știi de ce. Te rog, *draga mea...*

Eva revenise. Nu aveam de ce (și nici cum) s-o refuz.

Ne-am întâlnit într-un parc. Am preferat varianta unei *coffee-to-go* și a unei bănci retrase, între flori și pomi, departe de viața dezordonată și împovărătoare a orașului.

Pulsul îmi zvâcnea o idee mai tare, suficient cât să accept că unele lucruri se pot schimba, pe când altele, nu.

Eva... redevenise Eva *mea*. Privirea, tonalitatea vocii, gesturile, toate se întorseseră acasă după o lungă aventură de inițiere.

- Te rog să mă lași să-ți spun tot ce trebuie, fără să mă întrerupi, mi-a zis ea după ce am reușit, cu greu, să ne desfacem din îmbrățișarea în care ni se încleștaseră trupurile, respirațiile, gândurile... Am reușit să deschid ochii, am înțeles totul... M-am împăcat cu fostul meu soț. El mi-a spus că v-ați întâlnit și că nu ai vrut să ne „ajuți”, dar a mințit suficient de prost cât să înțeleg că nu s-a abținut și ți-a făcut avansuri. O nouă umbră asupra relației noastre și așa șubrezite. Vedeam amândoi că ne scapă printre degete și că, de data asta, avea să fie definitiv. Dar... îl iubesc. Așa cum te iubesc și pe tine...

Aici, am dat s-o întrerup, însă ea mi-a pus ușor degetul pe buze, îndemnându-mă, astfel, să nu-mi încalc promisiunea de tăcere. M-am supus, nu fără să-i sărut degetul...

- Nu eram pregătită, așa cum foarte bine știi că nu am fost nici prima dată, să ne despărțim. Nu puteam și nu pot accepta ideea de a-l pierde. Atât de simplu. Tu știi că pentru el am sacrificat totul... chiar și pe tine... indiferent de cât de mult m-a durut, pentru el am fost capabilă să-mi reneg însăși viața. Pentru el... Astfel că mi-am dat seama că nu există decât o soluție, una de compromis, dacă vrei, dar există: i-am propus (da, eu, nici nu-mi vine să cred că am avut tăria sau curajul ori cum vrei să-i spui...), i-am propus, așadar, să avem o relație... deschisă. Nu, nu spune încă nimic. Știu că nu mă judeci și nici eu nu te-am chemat aici ca să mă justific, dar lucrurile între noi două, *iubita mea*, trebuiau lămurite... Cum spuneam, o relație deschisă, una care a funcționat incredibil de bine, deși, oricât de deschisă la minte am fost (și chiar sunt, știi bine), până de curând nu pricepeam cum naiba poate funcționa așa ceva între doi oameni care se iubesc. Iată că se poate... Adică, în cazul nostru... Și știi de ce? Pentru că, nemaifiind vorba de ceva interzis, parcă nici tentația nu mai este atât de mare. Nu ne povestim nimic și, dacă se întâmplă ceva, se întâmplă în așa fel încât celălalt nici să nu bănuiască. Anays, este soluția noastră de viață și atât. Indiferent cum poate fi ea calificată, pentru noi este, deocamdată, cea care pare să ni se adapteze cel mai bine...

Eva și-a încheiat gânditoare confidența. Știu că, undeva, în adânc, nu este atât de împăcată precum vrea să se convingă că este. E chestiune de timp ca lucrurile să cunoască o nouă reașezare, greu de spus în ce direcție. Dar asta este ceva intim, ce o privește doar pe ea, așa că nu voi insinua nimic în legătură cu asta. Știu că nu vrea să mă mintă. Acum vrea să se mintă doar pe ea, dar dincolo de asta, o regăsesc recompusă, mult mai echilibrată... O regăsesc, pur și simplu. Și asta îi și transmit:

- Mă bucur, Eva, că te-ai și te-am regăsit. Iar asta pentru mine e tot ce contează. Tu știi ce însemni pentru mine, nu mai e nevoie de cuvinte... Mă bucur că te văd, că te aud, că te pot adulmeca și ține în brațe, că împărțim aceeași bancă și aceeași clipă... și-n timp ce vorbesc, mă îmbrățișează iar, fără să încerce însă să mă sărute, deși apropierea noastră începe să ne procure fiori senzuali de-a lungul coloanei.

Ea știe și mă așteaptă pe mine să-i vorbesc, să-i confirm și să-i dau undă verde. Vrea să știe dacă și relația mea este una deschisă, cel puțin din punctul meu de vedere, cel puțin în ceea ce o privește. O intuiesc, vrea să reluăm ce-am avut...

- Nu pot să te mint, Eva, și nici nu vreau. Mi-a fost dor de tine, îmi este dor de tine și-mi va fi dor de tine, dar...

- Am înțeles, nu mai continua, te rog... Lasă-mă doar să te îmbrățișez...

Și am stat așa, din nou unite, de data asta, de lacrimi. Am stat îmbrățișate și am plâns. Ne-am plâns cu patimă și dorul, și durerea, și amintirile, și dorința, și prezentul, și viitorul, și ce a fost și nu mai poate fi, și neputința, și sentimentele atât de vii și de nărăvașe, de parcă abia le-am fi născut.

Adio, Eva! Rămâi cea mai tulburătoare cicatrice a sufletului meu...

***

Probabil că acum așteptați să vă povestesc viața mea cu El. Să vă spun unde am decis să locuim și cum ne-am împărțit treburile casnice. Dacă gătesc și ce. Spăl? Fac curat sau „vine cineva”?

Dragostea, fie ea cu năbădăi, trece, până la urmă, și prin stomac, nu numai prin chiloți.

Dacă duce gunoiul sau se scobește în nas sau dacă face dragoste cu șosetele în picioare. Sau dacă are fantezii. Și ce fel de fantezii? Sau dacă mă înșală și-l înșel. Cu cine, unde, cum. El cu una mai frumoasă sau cu una mai în vârstă? Eu cu unul mai prost sau cu unul cu scula mai mică? Are bani? Câți? Unde „mă duce” în vacanțe? (de parcă o soție ar fi o valiză pe care o cari de colo colo după tine) Și ce-am făcut în situația asta? Ne-am despărțit? Ne-am iertat? Că doar am promis și una, și alta și, orice decizie aș fi luat, oricum m-aș fi contrazis... Și câte și mai câte.

Ei bine, eu nu o să spun nimic din toate astea. În schimb, o să vă mai fac o confesiune.

Ultima.

Când ești îndrăgostit, cel mai mare pericol e ca lucrurile să-ți scape de sub control. Dar... ce să vezi? Merită din plin să-ți asumi riscul, căci, în același timp, asta este calea către extaz...

Pentru mine nu contează decât ce-am trăit, ce-am simțit, ce-am experimentat și ce-am învățat. Și cât de departe vom ajunge. Împreună. Și nu până când moartea ne va despărți, ci până când relația va seca pentru că vom fi stors-o de toată seva. Și atunci, fiecare își va continua drumul cum va putea sau cum va dori. Când nimic nu este etern, de ce ar fi o căsnicie? Nu aștept divorțul, dar nici nu i-am spus depresiei să mă aștepte la capătul acestei experiențe, așa cum nici nu-mi propun de pe acum să divorțez cândva. Doar îmi asum că orice se poate întâmpla, pentru că nu suntem elemente fixe (deși și acelea se distrug – sau, mai exact, se transformă) și pentru că nu putem ști cine vom fi mâine și din ce perspectivă vom înțelege viața.

Pentru că viața nu e cu sens unic. Și când toate par a se fi terminat... contează numai ce rămâne!

Și încă ceva. Da, am fost amantă și acum mi-e teamă că îmi vine rândul să fiu de cealaltă parte a baricadei? Să fiu, adică, soția înșelată, că, vorba aceea, „karma nu doarme". Asta e o mare prostie, nu are legătură nicio karmă cu modul în care fiecare își plămădește viața. Și nu, nu mi-e frică. Pentru că dacă vreodată El va privi așa cum mă privește acum pe mine altă femeie, înseamnă că eu, femeia cu simț moral care pare că am devenit, mi-am epuizat resursele. Căci, nu uitați, o amantă nu se bagă peste tine, nu te dă jos din patul conjugal. Tu ești deja acolo, pe covor, chiar dacă poate încă nu știi. Sau refuzi să accepți. Problema ta. Când o altă femeie ți se strecoară în budoar, nu este pentru că a găsit ușa deschisă și și-a făcut de lucru să intre, ci pentru că a primit o invitație expresă, pentru a ocupa un loc, un rol, de obicei, gol de prea mult timp. Atât.

O femeie trebuie doar să conștientizeze că poate și apoi e gata să răstoarne lumea.

- Sfârșit -

BOOKZONE